後宮の木蘭

皇太子投獄

朝田小夏

角川文庫
22679

目次

第一章　後宮の疑惑

1

秋雨がやんだ午後。薄い雲の切れ間から日が見えてきた中、長安《ちょうあん》城の西にある建章《けんしょう》宮《きゅう》へ続く道はごった返していた。

行幸があり、人々が皇帝を一目見ようと、街に出てきているのだ。行列が去った後も人出は変わらず、肩をぶつけずには道を歩くこともできない。行く手を塞《ふさ》がれた馬車は立ち往生して御者たちは互いに譲れと怒鳴り合うも、動く気配はなかった。

武家の名門黎《れい》家の娘、木蘭《もくらん》もそんな馬車の中にいる。彼女は、もどかしげに帷《とばり》がかかった窓の外をなんども見ては眉《まゆ》を寄せ、そわそわと腰を浮かせていた。

我慢できなくなったのは九つの鐘を聞いた時だった。

「これでは歩いた方が早いわ」

美しいふっくらとした唇を尖《とが》らせ、大きな双眸《そうぼう》を真剣なものに変えると、彼女は帷に手をかける。侍女の「お待ちください」という制止も聞かずに馬車から身を乗り出し、袖《そで》を翻し華麗に飛び降りる。水たまりに着地して泥水が跳ねたが、それさえも秋の日差しを反射し銀色に見えた。

「行ってきます」

にっこりと笑みを残して木蘭は人をすり抜けていく。

全力で走って目指すは、許婚《いいなずけ》の待つ皇帝の離宮、建章宮の門前。この日、離宮には重臣とその家族、異国からの使者が行幸のお供を許され集まっている。木蘭もその一人なのだ。

——遅れてしまうわ。

せっかく描いた眉も、米粉をはたいた顔も、脂《し》と丹砂《たんさ》でできた高級な口紅もすっかり汗で落ちるが気にしない。木蘭自身、しとやかに座っているよりも剣を振り回すのが好きな十九歳。瑞々《みずみず》しい肌と健康的な赤い頬を持つ彼女を、道ゆく人は次々と振り返り見る。

「あっ」

先を急ぐあまり、前から来た商人風の男とぶつかった木蘭は一瞬よろけた。ところが遠くから、

「そいつはスリだ！」

と叫ぶ声がする。

すぐに走り去ろうとした男の袖を木蘭は反射的に捕まえてしまった。

「待ちなさい！」

男は前からも後ろからも役人が五人ずつ走って来るのを見ると、もう逃げられないと悟ったのだろう。目が合った木蘭を人質にしようと首根っこを摑《つか》んだ。だが、木蘭はそれを振り払い、拳《こぶし》で男の顎《あご》を打った。

「このアマ！」

男は痰《たん》を地面に吐くと木蘭を殴ろうとした。

黎家といえば建国以来の名門の武家だ。

木蘭自身も幼い時より、武術を習っている。均整のとれたすらりとした手足は武術に向いていて、幼い頃からその才能を発揮していた。スリなどに殴られる木蘭ではない。

もう一度、顔面を殴ると男は天を仰いで倒れ、白目をむいて大の字で伸びて動かなくなる。

街の人々からは拍手喝采《かっさい》が湧き起こり、木蘭は大げさなお辞儀をして見せる。追いついた役人たちがあきれ顔で気を失っているスリの男を捕まえると、木蘭を見る。

「おい、そこの女人」

事情を聞こうと手招きしながら役人が近づいて来る。木蘭はくるりと背を向け足早に人混みに紛れた。名門、黎家の娘が、街で醜態をさらしたなどと噂になると大変なことになるし、先を急がなければならない。そ知らぬ顔でこの場を離れるのが吉だ。

――行かないと！

木蘭の急ぐ大道では、渭《い》水《すい》から運ばれた粟《あわ》の荷を男たちが下ろしているところだった。食事や酒を出す店の二階の窓からは西方の琵琶《びわ》の音がし、酒屋に掲げられた赤い旗が青い空にはためく。宿屋の女将《おかみ》が異族の旅人を客引きし、知らない言葉が飛び交うのは、いつものことだ。

長安の街は活気と人で満ちている。

木蘭が山羊《やぎ》を三十頭ばかり市に連れて行こうとしている男の横を通れば、目指している皇帝の離宮、建章宮の高い塀と宮門が見えた。緋《ひ》色の厚い扉は剣を帯びた武官たちによって厳重に守られている。

木蘭は息を整え、袖から櫛《くし》を取り出して丁寧に髪を梳《と》かすと、衣の皺《しわ》を伸ばす。そして額の汗を手の甲で拭《ぬぐ》い、なにごともなかったかのような上品な足取りで門に進み出た。ちょうど四半時を知らせる鐘が鳴った。大幅な遅刻だ。

約束の人はすでに門前にいた。

「木蘭」

許婚の劉覇《りゅうは》である。

濃紺の帛《きぬ》に銀糸で虎の刺繍《ししゅう》を施した衣は彼の高貴な佇《たたず》まいを引き立たせている。木蘭は思わず顔がほころぶ。眉目《びもく》秀麗とはまさに彼のことだ。

「劉覇さま」

木蘭はしとやかに頭を下げた。

皇太子ながら武術を嗜《たしな》む体格は大きく、肩幅があって男らしい。白く上品な貌《かお》に切れ長の目、凛々《りり》しい眉には威厳がある。彼はわずかに昼の光を眩《まぶ》しそうにして、木蘭の肩に手を置いた。

「お待たせして申し訳ありません」

「いいや。今来たところだよ」

劉覇はこの春、皇太子に封じられた。女子一人を迎えに宮殿の門までやってくる身分の人ではない。それなのに大勢お付きや護衛がいるのもかまわずに、木蘭の手を取る。

木蘭は差し出された手を握り返して彼を見た。今来たところなどと言ったが、劉覇の手は冷え切っている。遅れた木蘭をずっと待っていたに違いなかった。

「木蘭さま」

もう一人、笑顔で木蘭を迎えたのは伊良亜《いらあ》だ。彼女は、上級女官を示す落ち着いた紫色の女官服を着て、楼蘭《ロウラン》国人らしい青い目を輝かせた。

　薄茶の髪が美しい皇帝付きの女官で、木蘭の親友だ。

　伊良亜とは久方ぶりの再会だった。ここのところ文も途絶えがちだったので、木蘭は手を取って喜色を見せた。

「久しぶりね。元気だった？」

「はい。ご無沙汰《ぶさた》しております」

「迎えに来てくれてありがとう。でも皇帝陛下のお側にいなくていいの？」

「陛下から木蘭さまを迎えに行ってくるように申しつけられました。そうでないと――」

　伊良亜は劉覇をちらりと意味ありげに見る。劉覇は低い声で言った。

「言いたいことがあるなら言うといい」

　伊良亜が苦笑して声を潜める。

「陛下は『そうでないと、木蘭を楼閣に連れ込む者がいるだろう』とおっしゃいました。陛下は今、昼食を終え、昼寝中ですが、目覚めたら木蘭さまに会いたいそうです」

「え、ええ」

　木蘭も苦笑いを伊良亜に返し、劉覇は咳払《せきばら》いをしていた。どうやら、本当に昼食を一緒に食べようと、場所を用意していたようだ。でもそれも悪くない。皇帝は昼寝をしたら、一刻は目覚めない。それから身支度を始めるから、時間は十分にある。

「行きましょう！」

木蘭は笑顔を見せて、しっかりと劉覇の手を握る。彼もいつもの真面目な顔をしまって嬉《うれ》しそうに頬をゆるめ、木蘭の手を引いた。三人は供を残して門を潜り、皇帝が贅《ぜい》を極めて作ったという建章宮の内部に入った。

建章宮は、秦《しん》の皇帝が造った上林苑《じょうりんえん》内に、今上が遊楽目的に造苑したものだ。御池と呼ばれる池があり、中には、蓬萊《ほうらい》、方丈《ほうじょう》などをかたどった築山《つきやま》を造り、水を周遊させ、珍しい魚などを放っているらしい。

とくに虎園《どうぶつえん》には漢《かん》の各地だけでなく、西域、越南《えつなん》、さらには海を越えた島々から献上された生き物が集められている。皇宮である未央宮《びおうきゅう》とは複道と呼ばれる通路で連絡されているので、高齢の皇帝にも負担にならずに移動できる場所だった。

「早く、早く、伊良亜も早く」

木蘭は劉覇の手を逆に引くと、暗く長い石の門を越えた。

高い宮殿の甍《いらか》が銀色に光り、色づき始めた木々がさらさらと秋風に揺れて陰影を深く作っている。眩しくて思わず、額に手を翳《かざ》す。多くの着飾った人たちが、今夜の宴《うたげ》の会場になるであろう建章宮前殿の方へと歩いて行くのが見えた。

「思っていた以上に美しいところです」

木蘭の足がぴたりと止まったので、劉覇が繋《つな》いだ手をわずかに左右に揺らした。

「皇帝陛下の偉業の成果だ」

国の繁栄は、長く安定した政治のたまものではあるが、皇帝が殭屍《キョンシー》という不死の魔物の祖、公孫槐《こうそんかい》などに唆されて神仙世界にのめり込み、ついに縮小版を造ってしまったと言って浪費の極みと否定的な意見も少なからずある。それを鑑《かんが》みれば、手放しに讃《たた》えることはできない。それでも、この宮殿の贅をこらした美しさは喩《たと》えようがなかった。

「あちらの池の畔《ほとり》に小さいけれど趣のある園亭《あずまや》がある。行ってみないか」

「はい」

柳がざわめき、池を見れば鴨が悠々と泳いでいるだけでなく、石でできた大亀の像が水から顔を出し、生きた亀がその上に載ってひなたぼっこをしている。それだけでも美しい光景なのに、劉覇が案内してくれた園亭は、彩色の施された赤漆の建物で、その周りに番《つがい》の白い孔雀《くじゃく》が放されていた。

「まぁ」

白い羽を広げ、木に飛び乗った時の神々しさたるや、息を呑《の》むほどだった。さらさらと流れる水の音は清く、木蘭は心を打たれたまま、座に着いた。

「気に入ったか」

「はい。とっても！」

南へと向かう雁《がん》が、御池の上を飛ぶ。

咲き誇る花は木蘭の手に届くところにあった。

劉覇が温めた醴《あまざけ》を木蘭に注ぎ、立って給仕をしようとしていた伊良亜にも席を勧める。

「木蘭、婚礼の日取りが決まりそうだというのは聞いたか」

「いいえ？　本当ですか⁉」

「なかなか進めぬ太常《たいじょう》を皇帝陛下が急《せ》かしてくださったのだ」

「まあ」

おそらく、そう劉覇が頼んだのだろう。木蘭は微笑んだ。

「それでいつになりそうなのですか？」

「日取りは吉日を占わせているところだよ。行幸から帰ったころには決まっているだろう」

「それは楽しみです」

木蘭は几《つくえ》の上に出された料理に目を見張る。好物の雉《きじ》の姿焼きだ。さっそく箸《はし》を伸ばし、口の中に入れ、肉の弾力を楽しむ。頬が緩むのが止められない。肉汁が口の中に溢《あふ》れ、野鳥独特のすこし癖のある味がたまらなかった。

「劉覇さま、すごく美味《おい》しいです。軟らかくって。雉肉など珍しいものをどうされたのですか」

「俺が昨日、狩りをして獲《と》ってきたのだ。口に合ってよかった」

「嬉しいです。こんなすばらしいおもてなし。わたし、とても幸せです」

「木蘭、これも食べてみよ。美味《うま》いぞ」

「まあ、なんですか」

劉覇は木蘭に椀《わん》を手渡した。湯気が上がって温かい。匂いを嗅《か》げば分かる。鹿肉だ。

「鹿も二頭しとめたのだ。羹《あつもの》にむいている脛《すね》肉を長時間、煮込ませたから軟らかい」

「それはなんとも贅沢です。もち米も一緒に煮ているのですね」

木蘭は匙《さじ》で椀の底に沈むもち米をすくって食べた。肉の出汁《だし》が染みこんだもち米は胃にも優しく、腹持ちもいい。肉もほろほろしていて美味だ。劉覇がはにかんだ顔をする。

「木蘭に鹿革の巾着《きんちゃく》を贈るつもりなのだよ」

「本当ですか!?」

「何色がいいか？」

「そうですね――」

木蘭が微笑みながら答えようとして、伊良亜を見ると、彼女は池の畔に目を留めていた。

目線の先を追うと、向こうに長身の男の一行がいた。主《あるじ》とおぼしき男は、衣が漢のものとは違う。袍《ほう》というのだろうか、左衽《ひだりまえ》の上から丸襟の絹の衣を纏《まと》い、深緑の斗篷《マント》を着ている。

髪は髷《まげ》ではなく、細い三つ編みを幾つも作り、金の輪の耳飾りをしていた。供の者たちも、絹ではないが、似たような格好をしている。木蘭が初めてみる人物だった。

「どこの人かしら」

「楼蘭の王弟だ」

劉覇が宦官《かんがん》の羌音《きょうおん》に目配せをした。

羌音はすぐに楼蘭王の弟の下に走って行き、皇太子が呼んでいると告げる。

——王弟ということは人質かしら。

こちらに近づいて来るとよく顔が見えた。彫りが深く、目が二重で深い緑の目をしている。口髭《くちひげ》があり、三十代半ばだろう。王族だけあって仕草も優雅で、漢流の拱手《きょうしゅ》もさまになっていた。伊良亜の横顔が彼の登場に一瞬狼狽《ろうばい》したように木蘭には見えた。

——知っている人かしら。

しかし、伊良亜の目はすぐに伏せられ、いつもの女官の顔になる。立ち上がり、自分の杯を片付けると、楼蘭の王弟のためにすばやく席を作った。

「王子、あなたもいらしたのですね」

劉覇が声を掛けると、相手は感じよく目尻《めじり》を下げる。

「はい。陛下の行幸にご随行できるのは大変名誉なことです。しかも、建章宮の美しさは遠く楼蘭まで聞こえているほどです。拝見できる機会は逃せません」

劉覇は相づちを打ち、木蘭の方を見た。

「彼女はわが許婚《いいなずけ》で、亡き光禄勲《こうろくくん》の娘の黎木蘭です。木蘭、こちらは楼蘭国の王弟の尉吐李《いとき》殿だ」

「初めまして」

木蘭は頭を下げ、相手も漢流の拱手で返す。

「皇太子殿下の美しい許婚のお噂はかねがね伺っております。木蘭の花のように清らかで美しいだけでなく、ご聡明《そうめい》だと評判ですから。この建章宮でお目にかかれるとは、今日はなんと良き日でしょうか」

劉覇は尉吐李に座るように促すと、自ら酒を彼に注いだ。木蘭は男を観察した。

訛《なま》りはあるが漢語は達者だ。

漢の風習に馴染《なじ》んでいて、作法にも慣れている様子である。すでに長い間、この国に暮らしているからだろう。漢の宮殿で楼蘭の衣を着ているのは、彼の誇り高さによるものなのかもしれない。

――西域の貴公子らしい人ね。

長安に滞在している人質であるならば、彼の振る舞いにも納得がいく。物慣れた雰囲気に好感がわき、貴人らしい堂々とした立ち振る舞いや、異国風の顔が魅力的な人物に見えた。

「ああ、もう一人紹介しよう」

劉覇は木蘭の後ろに控えている伊良亜に目をやった。

「我が許婚の友人の伊良亜だ。あなたの同郷の人で、皇帝陛下から信頼が厚い未央宮、玉堂の女官だ」

尉吐李は彼女の方を見た。

伊良亜は、ちらりと上げた目をすぐに下げ、非の打ちようのない美しい礼をする。

尉吐李はにこやかに言った。

「お美しい女官殿、どうぞお見知りおきを」

伊良亜は伏せた顔をさらに深く下げた。

「こちらこそ、お会いできて光栄です」

しばらく尉吐李は劉覇と当たり障りのない話題で談笑したが、やがて邪魔してはと思ったのだろう。

「そろそろ失礼いたします」と言って席を立った。伊良亜もすかさず気を遣う。

「私ももう戻らなければなりません。後で陛下のところに挨拶《あいさつ》に来てくださいね」

残された木蘭は醴を飲みながら、劉覇に訊《たず》ねてみた。

「あの方は楼蘭からの人質ですか」

「ああ。もう十年ほど長安に住まっていると思う」

「どういう方ですか。感じのいい人に見えましたけれど」

劉覇は木蘭の横に座ると、手を握った。

「やっと二人になれたのに、他の男の話か」

「ちょっと気になっただけです……」

「十日ぶりに会ったというのに？」

「劉覇さまが呼んだのではありませんか」

「それでも君が他の男の話をすると心が乱れる」

劉覇は甘く木蘭の耳元にささやいた。彼があからさまに嫉妬《しっと》を表すのは珍しい。木蘭は内心嬉《うれ》しくてそっとうつむく。すると劉覇の視線が木蘭の首筋に落ちるのを感じた。

数年前、劉覇は殭屍《キョンシー》という生きた屍《しかばね》に噛《か》まれ、殭屍に変化しかけたところを高名な道士に助けられて、人間と殭屍の間、半殭屍となった。化け物となることは防げたが、血は彼の糧だ。ふだんは動物の血を飲んでいるが、劉覇は時折、飢えた目で木蘭の首筋を見ることがあった。

　劉覇の手が木蘭の背に回り、抱き寄せる。

「会いたくてたまらなかったのだ」

「わたしもです」

　木蘭は頭を彼に預ける。肩に乗せられた劉覇の手が木蘭の肩を撫《な》でた。鳥の美しい鳴き声がして、池に流れ込む水のせせらぎが心を穏やかにした。木蘭は劉覇を見、彼もまた優しく彼女を見ていた。

「取っ組み合いだ！」

　その時、突然女の甲高い悲鳴が聞こえたかと思うと、宦官の声がした。

　十歩《ぶ》ほど先にある橋を見れば、髪をつかみ合った女官二人がいる。

「放しなさい」

「誰が！　無礼は許さないわ！」

「この！」

　殴る、蹴《け》る、噛みつく。あまりに暴れているので周りも手出しができない。皇帝の護衛を預かる衛士は女官に触れることができないので見ているだけだ。

　木蘭は喧嘩《けんか》を止めようと立ち上がりかけて劉覇に腕を引かれた。彼は木蘭の代わりにお付きの宦官、羌音に苛立《いらだ》ち気味に言った。

「止めてこい」

そしてため息交じりに木蘭を見る。いいところを邪魔されたと顔にはっきり書いてあった。木蘭は、自分の腕をつかんでいた劉覇の手をとると、そっと握り直して、長い袖《そで》の中にその手を隠した。

「何さまのつもりよ！」

「痛い！　放しなさい、このクソ女！」

聞くに堪えない罵声《ばせい》が聞こえ、橋の上の取っ組み合いはまだ終わらない。

最後には、バシャンという大きな音がして、女官の一人が池に落ちていた。

慌てて男たちが飛び込み溺《おぼ》れる女官を引き上げる。濡《ぬ》れそぼつ女官に、髪を摑《つか》まれて形が半分崩れているもう一人の女官。どちらも無残な姿だった。

「皇帝陛下のおなり！」

そういう時に限って運がない。すべての人の命を握る人物が現れた。

2

橋の上にいる黄金の御衣《ぎょい》をまとった人の顔は険しい。

「何事か」

劉覇と木蘭はまだ園亭《あずまや》にいる。橋からは遠い。そっと去れば、巻き込まれずに済むと思って、忍び足で園亭を出ようとしたが、皇帝の方がめざとかった。

「そこにいるのは、皇太子と黎木蘭か」

慌てて二人は並んでその場で頭を下げた。

「何があったのか見ていたであろう。こちらに参れ」

劉覇の舌打ちが聞こえてきそうだった。木蘭は劉覇の後についていく。大きく袖を翻し、正式な拝礼で挨拶すると、皇帝は少しだけ木蘭に目を細め、息子を斜めに見下ろした。

「孔雀を放して木蘭と楽しくやっていたのか」

劉覇は恐縮した態《てい》で頭を下げる。

皇帝はあきれ顔だ。とはいえ、結婚を控えた恋人同士にそれ以上言うのも野暮だと思ったのだろう、女官たちの方を見た。

「さて、なにが起きたのか」

ずぶ濡れの女官が寒さに震えながら跪《ひざまず》くが、問いに答えない。苛立った皇帝は辺りを見回した。

「見ていた者はおらぬか」

むろん、誰も答えない。木蘭は二人の女官に見覚えがあった。池に落ちた方は姉と親しかった皇帝の側室、張八子《ちょうはっし》に仕える女官で、池に放り込んだ方は、南美人《なんびじん》の女官だ。

後宮のことに首を突っ込んでいいことなど全くない。知らぬふりをする。

「そなたは見ていたのであろう、劉覇」

皇帝が息子をまず指名した。

「いえ、騒ぎ声が聞こえて池に人が落ちる音を聞いただけです」

「うむ。木蘭に気を取られて周囲など見ておらなんだのだな」

「は、はい。まあ、そうです、父上」

劉覇は否定しなかった。木蘭は首まで紅潮する。

「なにごとですか」

遅れて沈娙娥《ちんけいが》、王充依《おうじゅうい》、南美人、張八子など側室たちが絹の衣を引きずって現れた。手には扇、髪には金の釵《かんざし》を山ほどつけている。高貴な女性たちは、女官たちのありさまを見て囁《ささや》き合った。

「何があったか申してみよ」

髪を摑まれた女官、つまり南美人の女官に皇帝は声を掛けた。

「張八子の女官が私にぶつかったのです。南美人にお届けする食事を持っていたので、注意すると無礼な物言いなので言い争いになりました。私が持った椀《わん》を落として、胸を突き飛ばしてきたので押し合いになり、それでこの者は池に落ちたのです」

濡れている方が這《は》って進み出た。

「違います、こちらの女官がわざとぶつかってきて、謝れと言ったのです。そちらが悪いのだろうと言うと逆上して私を池に放り込んだのです」

どちらの言い分も後宮ではよくあることだ。皇帝はうんざりした顔をするも、自分の女人の諍《いさか》いだ。通りかかったのも運が悪い。放置することはできない。

「それでは二人ともよう――」

と言いかけたので木蘭は慌てた。

皇帝の口癖は「腰斬《ようざん》」、つまり死刑だ。腰のあたりで体を切断する残忍な刑罰である。これくらいのことで死を言い渡されるのは、あまりに可哀想だ。特に張八子の女官とは親しく、どうしても助けてやりたかった。

「お待ちください」

木蘭は勇気を振り絞って言った。皆の視線が彼女に集まる。

「張八子の女官は南美人の女官より階級が下です。たとえ、ぶつかられたとしても言い争いになるのは無礼。女官と張八子は、南美人の女官に謝罪し、南美人から処罰を受けるべきです」

皇帝の性格をよく分かっている張八子が感謝の瞳《ひとみ》を木蘭に向ける。皇帝に処罰を任せるより、気弱な南美人にさせる方がいい。南美人はいい顔をしたくて、皇帝の前で死刑を言い出せないだろう。

「お詫《わ》び申し上げます」

張八子が濡れた女官とともに深々と頭を下げた。

女官の方は悔しそうに歯を食いしばっている。

気持ちは分かるが、これが最善だ。

そもそも階級の上の者に下の者が刃向かうのはそれだけで罪なのだ。たとえ池に落とされたとしても、謝るのは身分の下のものからが後宮の、あるいはこの国の掟《おきて》である。

「では――」

と南美人が言いかけると、王充依が間に入った。豊満な体を持つ美人で、大きく結った髪が特徴だ。殭屍《キョンシー》を使って後宮を恐怖に陥れていた崔倢伃《さいしょうよ》がいなくなってからはずいぶんと派手になったように見受けられる。劉覇の兄、広陵王《こうりょうおう》の母であるのも彼女の自信のゆえだろう。

「女官の身分を官婢《かんぴ》に落とし、鞭打《むちう》ち二十回の上、投獄を命じます」

毅然《きぜん》とした様はまさに皇后だった。そこに沈娙娥が口を挟む。皇后亡き後、最も高い地位にいる側室で公主を二人産んでいる五十代の古株だ。げっそりと瘦《や》せた顔は神経質そうで、瞳は鋭い。

「待ちなさい、それはいくらなんでも酷《ひど》すぎます」

「酷すぎる？　当然の報いです」

「当然とはなんですか。なぜ、南美人と張八子の諍いに、王充依が口を挟むのです？」

　結局、女達は皇帝がその場にいることも忘れて言い争い始めた。

　皇帝は背に隠した手を開いたり閉じたりしている。機嫌が悪いときの癖だ。白髭《ひげ》の君主は低い声で言った。

「静かにせよ」

　皆、それで、皇帝の存在を思い出し、震え上がって跪いた。

　皇帝が木蘭の前に立つ。

「木蘭、そなたならどうする？」

　劉覇がなにか言おうと顔を上げたが、それを皇帝は手で制した。

「どう采配《さいはい》するか」

　木蘭は熟慮してから拱手《きょうしゅ》した。

　こういうとき、公平でないことを言えば皆から恨まれる。

「申し上げます。本日は吉日。処罰に及ばずと存じます。ただし、皇帝陛下の楽しみにされていた行幸に水を差したのが、この一件の最大の罪。それは女官の主人である張八子と南美人の両方に責任があります。どうか、二人を速やかに未央宮の後宮にお戻しになって謹慎をお命じください」

　少々甘いが、この女たちの顔を見たくないと思っているだろう皇帝の意向には添っている。謹慎後の処罰がなんであれ、木蘭には関係のないことだ。もしかすると、皇帝は明日にも忘れてしまうかもしれない。そういう人だ。

「ではそうするがいい。ただし、掖庭殿《えきていでん》に住む者は全員、帰るように」

　皆、それで安堵《あんど》したが、王充依は不満そうだった。ぎろりと木蘭を見て衣を翻すと、南美人の背を突き飛ばすようにして去って行った。

　どうやら、南美人は王充依派に属し、張八子は沈姮娥の仲間のようだ。面倒なことに巻き込まれてしまったと木蘭は後悔する。

「木蘭」

　皇帝は穏やかな顔を見せた。

「象はもう見たか」

「まだです」

「では見に行くとしようか」

　皇帝の機嫌は損ねなかったようだ。

劉覇もほっとした顔をしている。

木蘭は立ち上がると、皇帝の後ろを歩く。

美しい庭園はそのままで、池の水面《みなも》が銀色に光り、透き通った水辺をのぞけば、深く沈んだ底に神仙世界が広がっていた。美しい黄金の魚がひれを翻して岩の間を通り抜け、山岳がそびえ立つ。

「美しいですね、陛下」

木蘭が言えば、皇帝も満足顔だ。

「ここは朕が最も心落ち着く場所だ。それなのに女たちはつまらぬことで朕を困らせる」

「亡き晏《あん》皇后がいらっしゃればどんなにか陛下のお心の支えとなりましたでしょうに」

皇帝は頷《うなず》いた。晏皇后と皇帝は仲がよかったとは言えないが、皇后は有能で皇帝をよく補佐した。

「皇后が早くに逝ってしまったばかりに、次の皇后の座を狙って後宮で諍いが絶えない。どうしたものか」

「早く次の皇后をお決めになったらいかがですか」

木蘭がそう言うと、劉覇がその話題に触れるなと皇帝の背後から目配せをした。後ろにも目があるのだろうか、皇帝は劉覇を振り返りながら答える。

「そうしたいのは山々だが、複雑な話なのだ」

木蘭は合点した。勢力争いで揺れているのだ。

「ただ、そなたの采配はなかなかのものだった。あとは物忘れが酷い朕がこのことを覚えていなければいいだけのこと。そうだな？」

なんでもお見通しだ。木蘭は苦笑する。

「そうです、陛下。ご側室たちがいなくなって寂しくなりましたが、残りの行幸を楽しみましょう」

木蘭は歩き出したが、皇帝は柳の木の下から動かない。劉覇も不審な目をして父親を見る。

皇帝は顎《あご》に手を当てて考える風を装った。こういう時は、すでに結論を出していて、ちょっとした演技をしているのを木蘭は知っている。嫌な予感がする。

「黎木蘭よ」

姓と名両方で呼ばれるのも良くない兆しだ。

「太子妃になるまでの間、そなたが皇后の代理になってはくれまいか」

3

皇后の代理。

言葉の意味が分からず、木蘭はきょとんとした。

「女官の最高位、阿監《あかん》じゃ」

皇帝は扇の先で木蘭を差した。

「太子妃になるまでの間、そなたに後宮を任せよう」

木蘭は慌てて跪《ひざまず》く。

劉覇もその横に並んだ。

「陛下、恐れながら木蘭は――」

「後宮の不和は国の乱れの始まりだ。誰かしらを皇后に任じなければならないが、簡単には決まることではない。代理を務める者が必要だ。女子で権力に日和見にならずにいられるのは、木蘭、そなたくらいだ」

劉覇の言葉を遮った皇帝は木蘭を見下ろしたまま言った。

「しかしながら――」

「上手《うま》くやれば、叔父《おじ》の黎薫《くん》を九卿《きゅうけい》に任じてやろう」

九卿とは、三公に次ぐ中央の官職で、九人いる重臣中の重臣だ。木蘭の亡父の黎史《し》成《せい》はその一人の光禄勲《こうろくくん》だった。家を継いだ叔父が出世できるのは、黎家としてはこれ以上ない誉れである。

「ただし、断るのなら、劉覇との結婚はなしだ」

「陛下、そんな！」

木蘭は抗議する声を上げたが、皇帝は知らん顔だ。

木蘭は正直、面倒なことはご免だった。

皇后の座をめぐって荒れている後宮をどうまとめても誰かに恨まれるのは目に見えているし、阿監といえば、後宮だけではなく未央宮全体に仕える女官たちの長《おさ》だ。本来、皇后の補佐官であり、後宮の運営や儀式を皇后の名の下で掌《つかさど》り、実務を受け持つ。とはいえ、皇后代理を女官が務めるのは常のことではない。

女官としての経験も浅い木蘭に務まるか自信もなかった。

しかし、これは命令で断れる類《たぐ》いのものではない。木蘭は大きく息を吸うと、仕方なしに腹を決め、ゆっくり吐いて言った。

「陛下。黎木蘭は阿監となり、陛下のご期待に添えるように努力いたします」

木蘭は、頭を深く下げた。劉覇との結婚をなしにすると言ったかぎり、この人は君主として撤回しない。ならば受けるしかない。肩を急に重く感じ、顔は強《こわ》ばる。

「うむ。期待している。困ったことがあれば、なんでも朕に相談せよ。朕が助けてやろう」

「では陛下、お願いがあります。わたし一人では心許《こころもと》ないので、何人か人材をお貸しください」

　皇帝は背に手を当てて自分の周りを見回した。

「班《はん》女官と衛《えい》宮女はそなたの推薦であったの」

「はい。その通りです」

「では二人を貸そう」

　班女官は木蘭が尚衣《しょうい》にいたときの上司で、優秀であるため、引き抜いて皇帝付きにと木蘭が推薦した女官だ。実務の鬼で字も読める。衛詩《し》は、字は得意でないとはいえ、機転も利くし、雑用は得意な宮女だ。戦力になる二人だが、木蘭が借りたいのは――。

「あの、伊良亜は……」

「朕の身の回りの者をすべて連れていく気か」

「いえ、そんなことは……」

　たしかに、皇帝の側に伊良亜がいなければ、この老人はまた暴走する。だれかしっかりした者が側に控えて世話をし、なだめ、機嫌を取らねばならない。木蘭は思考をめぐらせた。

「では、天禄閣《てんろくかく》の葉宦官《ようかんがん》をお借りしてもいいでしょうか」

「うむ。その者のことは朕は知らぬが、優秀なのか」

「はい。名は葉英《えい》といいます。書籍に関しては知識が深く、勤勉です」

「ならば、あの爺《じじい》に断ってから借りるとよい」

　あの爺とは国の書物が保管してある天禄閣で異国の書籍の分類を仕事としている中《ちゅう》書令《しょれい》の東郭研《とうかくけん》のことである。変わり者として有名とはいえ、皇帝の信頼は厚い人物である。木蘭とは皇帝付きの女官だった時に親しくなり、それ以来なにかと助けてくれる。

　ただでさえ、天禄閣は人手が足りないところに葉宦官を借りるのは申し訳ないが、阿監ともなれば書類仕事は避けては通れない。葉宦官は、天禄閣に長く働いているので、行政文書にも慣れていることだろう。臨時のことだからと、東郭研に頭を下げるしかない。

「感謝いたします、陛下」

　まったく厄介なことを押しつけられてしまった。木蘭は気が重くなる。

「心配するな、木蘭。そなたに与えられるだけの権限を与えよう。そなたの言葉に皇后の言葉と同じ重みを持たせよう」

　――ありがたいような、ありがたくないような。

　横にいた劉覇は心配顔だ。木蘭は安心させるように笑みを向けた。

「忙しくしている方が、婚礼の日が、いつかいつかとやきもきして指折り数えているよりずっといいです」

「木蘭……」

木蘭は気持ちを切り替えることにした。跪いたまま大きく袖《そで》を翻して拱手《きょうしゅ》すると、皇帝に頭《こうべ》を垂れた。

「ご期待に添えるように努力します、陛下」

「うむ」

秋晴れの日。日差しが眩《まぶ》しい中で顔を上げた木蘭の笑顔が煌《きら》めいた。

「期待しておるぞ」

皇帝は木蘭の腕をとって自ら立たせると、象がいるのだと言って、虎園を案内する。

虎園には象だけでなく、白い虎、鸚鵡《おうむ》など珍しい動物、水辺には鴨がいて、大宛《フェルガナ》から来た名馬がたてがみを揺らして馬場で走っていた。葡萄《ぶどう》の実が生《な》り、萩《はぎ》や菊の花が咲く。桂花《きんもくせい》がかぐわしい匂いを放ち、見渡す限り神仙世界を模した景色が広がる。

「仙人はこのような場所に暮らしているのでしょうか」

「さあ、どうであろうなぁ」

皇帝の声音はのんびりしていた。

池には船が浮かべられ、楽府《がふ》に属する楽師と舞姫たちが舞楽を披露する。

池に面した黒漆の二階建ての楼閣にすでに宴《うたげ》の席が用意されており、重臣たちが待っていた。その家族なども末座におり、いつもの宮廷での宴よりずっと華やかで、気軽な雰囲気だ。

　皇帝が席に着くと、木蘭は劉覇の隣に座る。

　劉覇が木蘭にささやいた。

「大丈夫か」

「ええ。少し驚きましたが、陛下にはお考えがあるんでしょう。きっと大丈夫です」

　本当は大丈夫などではなかったが、木蘭は片目を瞑《つぶ》って見せた。一時、皇帝は殭屍《キョンシー》の祖、公孫槐に操られ、病気となって無力な老人となっていたが、もはやそうではない。精力的な絶対君主として非常に厳格なのだ。意向に添わないわけにはいかない。

　劉覇がさらに心配そうな顔をする。木蘭はこれはいけないと思った。

「なんとかなります。責任は重大ですが、陛下が仲間をお貸しくださいました。できるかぎりのことはしてみようと思っています」

「俺のところからも羌音を連れていくといい」

「羌宦官は劉覇さまの大切な右腕です。お借りはできません。でも、困った時は頼らせてください」

「そうしてくれ。なんでも相談して欲しい。力になりたい」

　木蘭は一人で決めて一人で行動するきらいがある。

　すばやい判断力は強みであるが、弱みでもあった。

彼女自身、よくわかっていて、改めないといけないと思っていた。

「困った時は必ず、劉覇さまに相談いたします」

木蘭は素直に礼を言い、劉覇の助けをありがたく思った。他にも仲間がいることを考えれば、一人でない心強さがあった。

　ところがだ。

　音楽が始まった時、孫《そん》御史大夫が大慌てで走って来ると場の雰囲気が一瞬で変わる。

孫御史大夫といえば、黒い顎髭《あごひげ》の立派な三公の一人で副丞相《じょうしょう》ともいうべき人である。亡き晏皇后の派閥に属していたが、現在は皇帝の忠実な手足で、能吏と呼ばれる実務家である。国のほとんどをこの人が実際に動かしている。

　皇帝が、その慌てた様子に眉《まゆ》を顰《ひそ》めた。

「申し上げます」

孫御史大夫は、なにやら、文をうやうやしく捧《ささ》げる。宦官が皇帝に渡すと、君主の顔がいつも以上に険しくなり、劉覇の方にそれを放り投げた。

「いかがされたのですか」

　劉覇が慌てて拾って広げた。

　木蘭もそれを横から盗み見る。

「漢、匈奴《きょうど》連合軍が殭屍に惨敗。兵糧及び、軍費を奪略される」

どうやら一月前に連合軍が、殭屍との大戦に敗れたという報告書のようだ。劉覇の顔がみるみる強《こわ》ばる。祁連山《きれんざん》近くで殭屍に襲われ大敗し、将軍も殭屍になったという。

「なんという！」

五千人もの兵士が亡くなり、殭屍になって行方不明になっている兵士も多数いるという報告書だ。皇帝が拳《こぶし》で卓を叩《たた》いた。

「不愉快だ」

しかし、孫御史大夫は更に口を開く。

「恐れながら、話はそれで終わりません。十日ほど前のことでございます。匈奴との国境に近い村で奇病が起こったとの報告がありました」

皆の目が集まる。

「どうやら病ではなく、殭屍の仕業ではないかと思われます。殭屍が長安に密《ひそ》かに近づいている兆しかと存じます」

孫御史大夫の口ぶりは深刻そのものだった。劉覇が進み出た。

「陛下、どうか私が調査のため長安を離れることをお許しください」

殭屍に関してはすべて劉覇に権限がある。つまり、彼がこの一件を調べなければならないのだ。皇帝が渋い顔をする。

「そなたが直接行くほどのことではあるまい」

「ただの殭屍の仕業とは思えません。昨年の冬に仕留め損なった公孫槐が絡んでいる可能性があるので、殭屍討伐の長である私が直接その村を見に行ってきたいと存じます」

「うむ」

皇帝は白髭を撫《な》でた後、劉覇に許しを与えた。

劉覇が討伐に出て行かなければ、繁殖力が高い化け物はあっという間に長安の街を占領してしまうだろう。

「ではすぐに発《た》て」

劉覇は毅然《きぜん》と勅命を拝した。

「どうかお気をつけて」

木蘭は、劉覇が迎えに来てくれた門で、早くも彼を見送らなければならなくなってしまった。阿監になると決まって先行きが不安なのもすっかり忘れて劉覇のことが心配になる。殭屍が相手なだけになにかあっては大変だ。劉覇が木蘭の手のひらを自分の大きな手で包んだ。

「行って来る。すまない、木蘭。大変な時に一緒にいてやれなくて」

「大丈夫です。わたしのことは心配しないでください。助けてくれる人が大勢いますから、なんとかなります」

彼の腕が木蘭を強く抱きしめた。

「なにかあったら太子宮に助けを求めるのだぞ」

「はい。劉覇さま……」

木蘭は劉覇の背に手を回して抱きしめ返した。ずっとそうしていたかった。彼の心臓の音を聞いているのは心地がよく、大きな手で頭を撫でられると安心できた。しかし、調査に同行する衛士たちが騎馬で現れ、劉覇に拱手《きょうしゅ》したので名残惜しそうに手を放すほかない。

「くれぐれもお気をつけて」

木蘭は袖を振った。

劉覇の背中が門の陰に消え、木蘭は秋の日差しに影を感じた。

4

建章宮の門の前に残った木蘭は、吐息をついた。

宮殿の方では皇帝が作らせた神仙趣味の曲が流れ、宴が始まろうとしていた。話し相手になりそうな後宮の女人も劉覇もいないのに、木蘭がそんな宴席にいてもつまらない。武官はかつての武勇を誇張して語り、文官は上役に酌をするのに忙しいだけだろう。皇帝の世話は伊良亜が立派にこなしてくれる。ここにいるより、家にいったん戻って阿監就任の準備をした方がいい。

木蘭は後ろに控えていた伊良亜を見た。

「陛下にお酒はくれぐれも飲ませないでね。また胃腸を悪くされるから」

「はい。心得ております」

伊良亜はもともと後宮の官婢《かんぴ》だった。自由の身となった後、しばらく木蘭の邸《やしき》で侍女をしていたが、亡き皇后により皇帝の世話を木蘭が頼まれた時、ともに皇宮に来てくれた。その後、木蘭とともに黎家に戻ってもよかったのに、「陛下が心配だわ」と言う木蘭のために皇帝の居所である未央宮の玉堂に残ってくれたのだ。

「それではまた」

伊良亜が一礼した。が、その時、「お待ちを」という声が背後からする。駆け足でこちらにくるのは劉覇の右腕の宦官《かんがん》、羌音だ。木蘭と変わらぬ背の高さで顔は丸顔、賢そうな眉を持つ。彼はにこやかに木蘭に一礼すると、伊良亜の方を向いた。

「朗報です！　伊良亜さん」

「朗報？」

木蘭と伊良亜は顔を見合わせた。なんのことか分からない。羌音の方ももったいぶった顔付きでにやにやしている。

「いったいなにが朗報なんですか、羌宦官」

木蘭はじれったくて袖《そで》を引いた。すると、羌音は恭しく帛書《はくしょ》をふところから取り出して、伊良亜に渡す。

「これは？」

「開けてみてください」

開けると難しい言葉が達筆な字で書かれている。

「楼蘭国への帰国の許可書？」

木蘭が恐る恐る訊《たず》ねると、羌音が大きく頷《うなず》いた。

「そうです。伊良亜さんの帰国がついに認められたのです。国に帰れるんですよ！」

喜びに満ちた声で羌音が伊良亜に言い、木蘭も目を輝かせて青い目の親友を見た。

彼女は戸惑い、両手で帛書を胸の前で握り締める。

「帰れる？」

「そうよ。伊良亜、聞いたでしょう。楼蘭に帰れるのよ！」

「国に帰れるのですか」

楼蘭が戦で負け、漢に連れて来られた伊良亜は後宮で官婢として働いていた。伊良亜の帰国は、晏皇后と木蘭との間で交わされた約束で、皇后が崩じてからそれがどうなったかと案じていたが、劉覇はちゃんと忘れずに手はずを整えていてくれたのだ。

「よかったわね、伊良亜」

まだ現実のことと受け入れられないのか、伊良亜は呆然《ぼうぜん》と立ち尽くしてもらった帛の帰国許可書を握り締めていた。

「孫御史大夫さまが、匈奴で増える殭屍《キョンシー》の件で楼蘭にも使者を遣わすことになったので、武官の同行の旅となります。伊良亜さん専用の馬車も用意できますし、他に楼蘭から連れて来られた親しい官婢がいるのなら、侍女として連れて行くことも可能です。今まで働いた給金だけでなく、功労金も支払われることになるでしょう」

これ以上ない待遇だ。

「ありがとう、羌宦官。恩に着ます」

木蘭は羌音の手を握って感謝した。殭屍を倒した時、亡き皇后に褒美に欲しいものを問われて伊良亜の帰国を願ってよかったと木蘭は心から思った。しかし、伊良亜の顔はなぜか暗い。

「それはいつのことですか」

「急ぎのことです。四日後に出発とのこと」

「……突然のことで、なんと言ったらいいのか分かりません」

木蘭は伊良亜に微笑んだ。

「大丈夫。安全に帰れるわ。なにも心配ない」

伊良亜は複雑な笑みを返した。

「少し、考えさせていただけないでしょうか」

「考える？　なにを？　せっかく帰れるというのに？　この機会を逃したら次にいつあるか分からないわ」

今は殭屍撲滅のため漢と匈奴は手を結び、匈奴は楼蘭への道を漢の使節が通るのを許しているが、和親が破られれば、どうなるか分からない。

「伊良亜？」

木蘭は彼女の顔を覗《のぞ》き込む。

「どうしたの？」

するると伊良亜は破顔し、木蘭の不審を払拭《ふっしょく》させる。

「私は異族ながら、この地で友達もでき、皇帝陛下にお仕えするなどという高貴な位も得ました。国に帰っても家族がいるかも分からず、どうやって食べていったらいいのかも分からないので、考えあぐねているのです」

木蘭は頷いた。

「それはそうね……」

長い年月、楼蘭は漢と匈奴の両方に従属し、それぞれに貢ぎ物や人質を出してきた。

大国に挟まれた小国が豊かさを保てているかは木蘭にも分からない。

慎重になるのは仕方ないかもしれない。

しかし、木蘭は伊良亜が楼蘭に広がる砂漠の話や、美しい湖、一面の草原の話をしてくれるたびに彼女の郷愁がどれほどのものか感じていた。伊良亜ならこの知らせを喜ぶものと思っただけに、木蘭の中で「なぜ」という気持ちが浮かんだ。だが、それを事情のある伊良亜にぶつけるのはいいことだろうか。

羌音が言った。

「ではもう数日お待ちします」

「申し訳ありません」

伊良亜は羌音に頭を下げた。

たしかに安定した生活をここで送るのも悪くはない。木蘭も伊良亜と離れたくはなかったから、当たり障りのない言葉をかけるしかなかった。

「ゆっくり考えて。誰にも遠慮する必要はないわ」

皇帝陛下が土壇場でだめだという可能性もあるが、それならば全力で伊良亜を守ろうと木蘭は心に誓う。

「ゆっくりと言いましても出発は四日後です。二日前に教えていただければ、なんとか馬車の用意をいたします」

「お気遣い感謝します、羌宦官」

「皇太子殿下が苦労して孫御史大夫さまを説得されたので、そこのところだけはどうか心に留めておいてください」

伊良亜は静かに頭を垂れた。

「殿下がお帰りになったら必ずお礼を申し上げます」

その言葉で、すでに伊良亜は楼蘭に帰るつもりはないと言っているのだと木蘭には分かった。羌音にも伝わったのだろう、彼も神妙な顔で頷いて、それ以上、伊良亜から答えを聞き出そうとはしなかった。

「では私はこれで」

劉覇の支度を調え、殭屍調査団に後発部隊として追いつかなければならない羌音は足早に去った。伊良亜も皇帝のもとに戻らなければならない。

「木蘭さま、お屋敷まで送って行けずに申し訳ありません」

「いいのよ、伊良亜。明日にでも葉宦官と東郭中書令さまに会いに行こうと思っているの。未央宮でまた会いましょう」

「お二人の協力を得られるといいのですが」

木蘭は吐息を漏らす。

「東郭研さまは、天禄閣にこもって書籍の分類などをされているけれど、本来は皇帝の書記官たる中書令。お力添えをいただければ、これ以上の人はいないわ。なんとか頼んでみる」

「がんばってください。私もできるだけお手伝いします」

「うん。ありがとう、伊良亜。またね」

梧桐《あおぎり》の大樹から葉が舞い落ちて、秋がさらに深まった。

5

翌日——。

「中書令さまはいらっしゃいますか」

木蘭は未央宮の天禄閣の暗い書庫に顔だけ入れて、主《あるじ》を呼ぶ。

左右を見ると、一階には人気がない。木蘭は空気を大きく吸って叫んだ。

「中書令さま！」

今度は二階まで響いたことだろう。しばらくすると、

「はぁい」

と返事が返って来た。高い声は葉宦官《かんがん》のものだ。彼は急な階段を下りてくると、木蘭を見て破顔する。

「大きな声で叫ぶのは誰かと思えば、木蘭さまではありませんか。どこの馬鹿かと思いましたよ」

木蘭は空笑いを返す。彼は失言してばかりで、天禄閣に左遷されたのだと聞いたことがあるが、ここにいても直る様子はない。とはいえ、悪い人ではないし、優秀な人物である。木蘭は食事が入った漆の木箱を掲げて見せた。

「東郭中書令さまはいらっしゃる？」

「おられますよ」

「家から持って来た鴨肉なんです。一緒にどうかと思って」

「それはありがたい」

葉宦官は、階段を戻って東郭研老人を呼びに行った。上から、「なんじゃ、鴨肉じゃと？」という声がする。木蘭は酒も持ってくればよかったと思った。

「久しいの」

東郭研は埃《ほこり》だらけの官服を叩《たた》きながら階段を下りてきた。木蘭は丁寧に頭を下げた。

「お久しぶりです」

「これはごちそうだ」

卓の上に並べた食事に東郭研は喉《のど》を鳴らす。ただし、かの人は誰よりも鋭い。箸《はし》を取る前に木蘭に訝《いぶか》る瞳《ひとみ》を向ける。唇は微笑みを湛《たた》えたままだ。

「なにかあったな」

木蘭は苦笑した。

「さすが中書令さまです。少し困ったことになり、お力をお借りしたいと思いましてまいりました」

木蘭は申し訳なさそうに言って、昨日建章宮で起こった話——掖庭殿の側室たちの争いから阿監就任、劉覇の留守を語って聞かせた。東郭研は初めこそ黙って聞いていたが、そのうち食事を始め、竹簡が山になっている棚の裏に隠していた瓢箪《ひょうたん》を取りだして飲み出した。もちろん、中身は酒だ。

「よろしいのですか、昼間から」

葉宦官がそう言いつつ自分の分の杯を握る。

「かまわん、かまわん。どうせ皇帝陛下は建章宮じゃ。上役も高官も皆、お供して未央宮を留守にしている」

酒に強くない木蘭は断り、二人の男に酌をする。琥珀《こはく》色の液体がなみなみと杯に注がれた。

「それでなにを手伝ってもらいたいのか」

木蘭は居住まいを正した。

「阿監の仕事を補佐してくださる方を集めているのです。葉宦官をしばらくの間だけお貸し願えないでしょうか」

東郭研は髭《ひげ》に手を触れて、考えた。

「わしの西域文書の研究は別にいつまでにせよとも陛下から言われていないし、言われても終わるような仕事ではない。急いでいるわけではないから、葉英を連れていくのは、別にそれはかまわぬが――」

東郭研はちらりと葉宦官を見てから言った。

「役に立つかの。また失言して面倒を起こすのではないか」

木蘭は真剣な面持ちになる。

「葉宦官はとても優秀です。書籍に関しては皇宮でも右に出る者はいません。ぜひ、お力をお貸しください」

「そうかの」

葉宦官を見ると、非常に興味があるように見受けられた。彼は以前は少府にいたというから、ここで書籍を分類するのは退屈なのかもしれない。

「葉宦官さえよければ阿監の執務室のある椒房殿《しょうぼうでん》にしばらく来てくれませんか」

葉宦官は一応、東郭研の様子を窺《うかが》って、かまわないと顔に書いてあるのを確認してから、首を縦に振った。

「ぜひ、お手伝いさせてください」

木蘭はほっとし、額《ぬか》ずいた。葉宦官は慌てて、木蘭を立たせると、礼には及ばないと言うが、葉宦官がいれば百人力だ。木蘭はもう一度、今度は立ったまま東郭研と葉宦官に頭を下げる。

「ありがとうございます。本当に助かります！」

「うむ。わしもこれでも皇帝の秘書である中書令じゃ。部下にそなたの力になるように言っておくので、困ったらなんでも言うとよい」

「ありがとうございます、中書令さま」

展望が開けてきた。

しかしなぜか東郭研の顔色は悪い。

「どうなされたのですか」

「皇后冊立の件じゃよ。後宮がもめているのはそのせいじゃろう」

「よくご存じで」

「浮き世離れしていても嫌でも耳にはいる。王充依と沈婭娥のどちらかだろうというのが大方の予想じゃ」

木蘭は酒を注いだ。

「二人は仲が悪いようですね」

「沈婭娥は、公主を二人産み、皇帝陛下と連れ合って長い。人柄もしっかりしている。

じゃが、王充依には出来が悪いが皇子の広陵王がいるだけでなく兄の王廷尉《ていい》もついている」

「そうなのですね……」

「広陵王は封国にいて長安を留守にしているから頼りにはならんが、長安にいる王廷尉はなかなかの切れ者じゃ。皇帝陛下の信頼も厚いだけでなく、立ち回りが上手《うま》く、金を配るのに余念がない。この争い、どう決着がつくのか、まったく分からぬわ」

廷尉といえば、刑罰、司法を掌《つかさど》る官職で九卿《きゅうけい》の一人。沈娙娥は市井の生まれで家族に官職に就いている者はいないと聞くから、たしかに分が悪い。

とはいえ、皇帝は古株の沈娙娥を信用しているはずであるから、皇后が誰になるのかなかなか決まらない。

「皇帝陛下はどうお考えなのだろうか」

東郭研が訊《たず》ねたが、木蘭が知ろうはずはない。皇帝に昨日会ったのも久しぶりなのだから。

「さあ、存じ上げません」

「陛下はご内意を漏らす人ではないな……。それでは皇太子殿下の方はどう思っておられるのか」

「劉覇さまはこの件に関わらないようにしているように見受けられました」

「そうじゃろう。皇太子が関わってもなんの得にもならぬし、皇帝陛下がそれを許しはしないじゃろう」

皇帝は劉覇が徒党を組むのを好まない。また、以前のように国璽《こくじ》を取り上げられ、軟禁されないとも限らないから警戒しているのだ。劉覇は非常に慎重に振る舞っている。

「黎木蘭殿はいらっしゃるか」

そこに太った体を難儀そうに現れたのは江中常侍《こうちゅうじょうじ》。皇帝の身の回りの世話を掌る人物である。建章宮にいるはずなのにと思うと、手には帛《きぬ》の巻物があった。正式な阿監任命の勅書だ。用意が良すぎる。やはり前々から皇帝は決めていたのだ。

「ここにおります」

木蘭が進み出ると、江中常侍は、三人が昼間から酒盛りしていたことに眉《まゆ》を寄せたが、なにも言わなかった。彼は元々は亡き晏皇后の手下で皇帝を軟禁していた人物であるが、今は皇帝の手足となっている。

未来の皇后であり、皇后代理となろうとしている木蘭に文句を言うのがどれだけ愚かであるのか、よく知っている変わり身の早い人なのだ。追従笑いを浮かべてから勅書を広げた。

「黎木蘭は聡明《そうめい》にして品行方正。これを阿監に任じ、皇后不在の間、その代理を務めることを命じる」

木蘭は跪《ひざまず》いて江中常侍が読み上げた巻物を受け取った。軽いはずのそれが、ずしりと重い。

「拝命いたします」

もう一つ手渡されたのは、翡翠《ひすい》でできた笏《しゃく》だ。重臣たちが朝議で持ち、権威を表す物で礼服に合わせる。この国で女で持つのはおそらく木蘭だけだろう。皇帝の期待を改めて実感し、責任を感じた。

後宮の不和。皇后の不在。いつと分からぬ劉覇の帰京。不安要素は山積みだ。とにかく明るくいようと木蘭は決め、問題も一つ一つできることから丁寧に解決していけばなんとかなると自分を励ます。

――しっかりしなさい、木蘭。

木蘭は自分にそう言い聞かすと、後から尚衣の女官が持って来た阿監の黒衣に袖《そで》を通し、笏を持った鏡の中の自分を覗《のぞ》いて大人びて見えるのに驚いた。黒い衣には冠《かん》がつき、緋《ひ》色の飾り紐《ひも》が垂れている。冠纓《かんえい》を結べば気は引き締まり、自分自身も阿監であることを受け入れた。

「木蘭さま」

「木蘭姉さん」

班女官と衛詩が天禄閣に現れ、これで仲間が三人になった。ふたりとも頼もしい助っ人だ。「お祝い申し上げます」と皆が跪いて挨拶《あいさつ》すれば、木蘭は気強くなった。

「みんな、ありがとうございます。よく来てくれました！」

木蘭は「よし！」と気合いを入れると、笏を掲げて　揚々と椒房殿へと歩き出した。

第二章　皇太子誣告《ぶこく》

1

「ここが阿監の部屋……」

木蘭のやる気に満ちた気持ちは、阿監の執務室を見ると途端にしぼんだ。

椒房殿の北側にある最高位の女官の執務室は、信じられないほど乱雑で掃除が行き届いていなかった。書類が机の上に山積みなのはいい。棚という棚が整理されていないのもいい。食べかけのカビの生えた餅《もち》が床に転がっていたり、埃《ほこり》だらけの筆が床に落ちていたりするのはいかがなものか。

木蘭は埃に咳《せ》き込み、袖で口を押さえる。

「前任者はどんな人だったんですか？」

木蘭が訊ねると、天禄閣で汚い部屋になれた葉宦官《かんがん》が笑って答える。

「竇阿《とうあ》監《かん》さまと言って、かなりご高齢の方でした。晏皇后も手を焼いていた椒房殿の事実上の主と言ってよいでしょう」

「仕事ができたようには見えないけれど」

「もともと、性格は大雑把で、細かいことに頓着《とんちゃく》しない方でしたが、優秀な方でした。その方の目が黒いうちは、亡き皇后陛下も側室方も、口をつぐんでもめ事を起こさなかったと聞いています」

「それがどうしてこんな風になってしまったのかしら」

木蘭はため息交じりに机を片付けながら言う。埃が指先につき、真っ黒になる。

「ご高齢になり少し衰えがみえたようです。物忘れが酷《ひど》くなり、片付けるのもおっくうになったのではありませんか」

とはいえ、長くその地位にいるので晏皇后は罷免することができずに、そのままにし、昨年の冬、晏皇后が崩じる数週間前に亡くなった。晏皇后の葬儀や皇后不在などにより、後任はずっと決まらず、ようやく秋になって木蘭がこの部屋を開けたというわけだ。

「手分けして掃除をしましょう」

「阿監さま、掃除などは誰かにやらせればいいのでは？」

葉宦官に木蘭は首を振った。

「必要な書類を捨てられたり、なくされたりすると大変だわ。片付けながら、阿監の仕事を把握しましょう」

「なるほど。その通りですね」

木蘭は字が読める葉宦官と班女官には書類の片付けを頼み、衛詩には水を汲《く》んでくるようにお願いした。

大きく窓を開け、埃を外に追いやれば、なんども出ていたくしゃみが止まって爽《さわ》やかな風が入って来た。木蘭は、机の上に積まれた竹簡を一つ一つ開いて中を確認してから棚にしまっていく。

「お手伝いに上がりました」

そこに現れたのは、一人の見習い宦官。

十二、三といったところか。

なかなか賢そうな額をしており、見習い歴が長そうで、行儀作法に言うところがない。高位の人に長らく仕えていたように見えた。

背がこれからぐんぐん伸びそうなすらりとした瓜実顔《うりざねがお》の少年で、神妙な様子で頭を下げる。

「胡仁《こにん》といいます。応援に行くように、詹事《せんじ》さまから言われて来ました」

詹事とは皇后の家を掌る役職のことで、木蘭が阿監になったので便宜を図ってくれたに違いなかった。応援が見習い宦官一人というのは、いささか寂しいが、気はききそうだ。木蘭が不要な家具を外に運び出すように命じると、胡仁は、文句も言わずにテキパキと働き出す。

「木蘭姉さん、水を汲んで来たわ」

　ソバカスのある頬を輝かせて衛詩が戻って来た。美人ではないが、愛嬌《あいきょう》があり、笑顔が可愛らしい。

　彼女は中庭で書棚を磨いている胡仁に気づくと自分から声をかけて、ぞうきん掛けを手伝い始める。

　生真面目な班女官は、相変わらず飾り気がなく、笑みも浮かべぬ冷たい顔で、名簿を見つけたらしく古いものから箱に詰めていた。一方、葉宦官は一巻の竹簡を食い入るように見つめていた。

「どうかしましたか」

　声をかけると彼は顔を上げて、木蘭に竹簡を渡す。埃もかぶっておらずまだ竹の匂いがする新しいものだ。

「女官、宮女の給金の件なのですが、これによると三年前に上がっていることになっていますが、そんな話を聞いたことがありません」

「本当ですか」

　木蘭は竹簡を開いた。

　彼女自身も尚衣で宮女として働いたことがある。

その時の給金はただ同然だった。

一月働いて、身の回りに必要なものがなんとか買えるだけ。足りないことも多かった。しかし、葉宦官によると、下級宮女でさえ、今もらっている額の倍になっているらしい。

「おかしいですね」

これだけの額があれば、尚衣などで働く下級宮女はもっとやりがいを持てるし、家族に仕送りできる。それなのに、実際は安く働かせ、食べ物もろくに与えない。

「不正でしょうか」

「そう決めつけるのは早いかと思いますが、その可能性は高いかと」

木蘭は唸《うな》った。

皇后不在の今、後宮の汚職を摘発するのは簡単な話ではない。

劉覇に相談したいが彼は不在で、側室たちは己の利益のためにただいま大忙しだ。

不思議なことは、給金を一度でももらったことがある者ならば、おかしな報告書であるのが一目で分かるというのに、亡くなった晏皇后は印を押して裁可している。皇后は皇帝の代わりも一時は務めたほど英邁《えいまい》で厳格な人物だったというのにである。

「困ったわ」

木蘭は腕組みして考えた。班女官が少し瞳《ひとみ》を揺らしてから、木蘭の方を見た。

「木蘭さま。実は、宮女の衣の支給についても長い間、不審な点がありました」

「どういうことですか」

「ここ数年、衣の新調について、先の阿監さまは厳しくされていたのでございます。宮女たちは着たきり雀で古い衣を何度もつくろって着なければなりませんでした。直すこともできないような衣が尚衣に持ち込まれ、おかしいのではないかと仲間内で噂になりましたが、上に楯突《たてつ》くこともできず、そのままになっていたのです」

　長く尚衣にいただけのことはあって、班女官は不審を抱いていた。女官の衣や給金でもこんなありさまなら、ありとあらゆるところでおかしなことが行われている可能性がある。木蘭は頭痛がした。葉宦官は肩をすくめて言う。

「不正などというものは皇宮では日常です。目こぼしするのは仕方ありませんよ。そうでなければ、大混乱に陥ります」

　そうは言うが、皇帝から直に任命されたのだ。

　手心を加えていると知れば、あの厳しい皇帝がどんな恐ろしい罰を下すか分からない。木蘭のことを気に入ってくれているとはいえ、非情な君主であるのは間違いないのだから、危険は冒すべきではなかった。

「衣はともかく、給金は重要なことですよね？　皆、働いた分をもらって当然なのだから、それを取り上げられてしまっているのは納得がいかないでしょう。そこだけはなんとか正していかないと」

　とりあえず、把握はすべきだ。

　劉覇が戻ってきたら、その時に相談するのでも遅くない。

　三人は手分けして書類を片付けることにし、衛詩に阿監の私室を掃除するように頼んだ。胡仁には使わない棚を倉庫に戻すよう指示する。

「失礼いたします」

　その時、皇宮の台所である尚食《しょうしょく》の宦官が、浮かない顔で戸口に現れ、拱手《きょうしゅ》した。まずは木蘭の阿監就任を言祝《ことほ》いだが、本題はあまり楽しい話ではないようだ。

「どうかしたんですか」

「あの……それがですね……尚食で使う食料の仕入れのことで、少々困ったことになりまして……」

　歯切れが悪い話をよく聞けば、尚食では材料を仕入れている商人への支払いが滞っていて明日からの野菜の仕入れが難しいとのことだった。

「そんなはずないでしょう」

　金は皇帝の蔵に唸るほどあるのに、どうして野菜ごときが買えないというのだ。木蘭は思わず強い口調で言った。

「よく確かめたのですか。商人はなんと言っているのですか」

「もう二月も支払っていないので、商人たちは業を煮やし徒党を組んで訴えて来たのです。今日支払わなければ、二度と野菜を納めないと言っております。いかがいたしましょうか、阿監さま」

「尚食は少府の管轄ですよね？　少府の上役には言ったのですか」

「もちろん、何度も行きました……しかし、阿監さまにお尋ねしろと門前払いで」

たらい回しにあちこちの役所を回ってきたのだと涙ながらに語られると、木蘭も弱ってしまう。

皇后の亡くなる以前から支払いが遅れることはしばしばあったとその宦官《かんがん》は言い、亡くなってからはより酷《ひど》くなって少府から金が支給されていないそうだ。

「足りるか分からないけれど、とりあえずこれを」

木蘭はふところから巾着《きんちゃく》を取り出す。開いてみて、絶対に足りないことに気づく。なにしろ皇宮には数千人の人間が住んでいてその胃袋を満たす必要があるのだ。実家に頼んでなんとかしてもらっても十日もすれば家が潰《つぶ》れてしまう。

「失礼します」

そこに誰かが戸を叩《たた》き、葉宦官が対応した。こんなときにひっきりなしに来客だと思っていると、彼はしばらく戸口で話してから戻って来た。

「金はなんとかなりそうですよ」

見ればなにやら木箱を抱えているではないか。

「それはなんですか？」

「江中常侍からの阿監就任のお祝いだそうです」

「まさか、受け取ったんですか？」

「受け取るしかないではありませんか、阿監さま。回り回って行方不明になった金が戻ってきたと思えばいいのです」

「これは、明らかに贈賄じゃないですか」

葉宦官は苦笑しながら木蘭にずしりと重い箱を渡す。

「固いことを言わずにもらっておけばいいのです。江中常侍とてこれぐらいのはした金で木蘭さまを買えるとは思ってはいませんよ。挨拶《あいさつ》程度のことです」

木蘭は木箱を開けてみる。黄金の塊がびっしりと綺麗《きれい》に並べられている。受け取ってはダメだと心が叫ぶが、これさえあれば、数日尚食はやっていける。木蘭は江中常侍に借りを作ってしまったことを悔やむも、そうする以外、今日を乗り切る方法はない。木蘭は心底理解した。

「こうやって不正は増えて行くんだわ」

2

「おかわり！」

その夜の夕食、木蘭は胃がきりきりして食欲がなかったが、力仕事をした胡仁は人の三倍は食べた。米粒を頰につけてかっ込む姿は、昼間の大人びた姿からは打って変わって邪気がない。木蘭は苦笑しながら自らご飯をよそってやった。

「もっとたべてね」

「ありがとうございます、阿監さま！」

　葉宦官はそれにあきれ顔だ。ただ、頭の中は金のことで一杯らしく、進まぬ食事に箸《はし》だけ動かして言う。

「いかがしますか、明日からあちこちから予算を寄こせと言われますよ」

　班女官の手も止まる。

「葉宦官は中書令さまにご相談しに行ってはどうでしょう。中書令さまならお知恵があるかもしれません」

　木蘭は同意した。

「そうですね。それがいいです。班女官は、詹事さまのところに聞きに行ってみてくれませんか」

「もちろんです」

木蘭は少し考えてから口を開く。

「わたしは、皇后陛下に仕えていた宦官を探してみます」

「それはいいお考えです。なにか特別な事情があるのかもしれません」

葉宦官はめどが立つと、少し安心したのか、箸を肉に伸ばす。班女官は毅然《きぜん》と背筋を伸ばした。

「あとはないものはないと突っぱねるしかないと思います」

たしかにその通りだ。ない袖《そで》は振れない。他の役所のようにたらい回しにするしかない。重い雰囲気の中で衛詩が黙って白湯《さゆ》を皆に注いで回る。木蘭は立ち上がり、それを掲げた。

「今日は大変な一日でしたけど、皆さんの助けでなんとかなりました。ありがとうございます。明日もがんばりましょう。なせばなるですよ！」

本当は白湯ではなく酒で乾杯し、一日のことを忘れたかった。

だが、食事の後も書類に目を通したいと思っているので、酔っ払ってはいられない。白湯の入った椀《わん》を掲げて乾杯する。木蘭は卓を見た。野菜は少ないが、鶏肉《とりにく》の丸焼きが一つあり、新任阿監のために尚食の料理人が苦心したのが気の毒なまでに伝わってくる。

——後宮にお金がないのが、不正ではなく国の予算に問題があるというのなら、厳しく切り詰めなければならないわね。こんな料理もこれが食べ納めかも……。

　そう思うと木蘭は口の中に肉を入れる。節約を訴えるとなれば、先《ま》ずは、自分から切り詰めていかなければならない。

——特に側室たちは贅《ぜい》を極めているわ。黄金の釵《かんざし》は季節によって梅だ、梨花《りか》だと替えて同じものを何度も使ったりしないし。皇帝陛下は、なぜあんな贅沢を許しているのかしら。

　節約など訴えたら、きっと後宮の皆から恨まれる。木蘭はため息を吐きながら、葉宦官を見る。

「予算はいったいどうなっているのかしら。こんなに国が栄えていてお金がないなんて変です」

　葉宦官が口にものを入れたまま答えた。

「我が国の財政には、国家のものと皇室のものの二つがあります。国家の財政を預かるのが大農《だいのう》、皇室の財政を預かるのが少府です。大農の主な財源は農作物からの年貢、少府の財源は人頭税という一人当たり二十銭を課した税から主に得られています」

　木蘭は箸を宙に浮かしたまま聞き入る。

「人頭税の税収は、農作物のような出来高に左右される不安定なものよりずっと安定しています。ですから、本来なら軍事費が足りなくなろうとも、我々皇宮に住まう者の飯が少なくなることはないはずなのです」

「それなのにどういうわけか、宮女、女官の給金は書類上増えているのにも拘《かか》わらず、実際は据え置かれている――」

「おかしいですわ」

班女官は自分の給金の少なさもあって不満げに言う。木蘭は頭痛がした。

「明日、椒房殿の蔵で保管している米の量と書類を突き合わせた方がいいかもしれませんね」

「おそらく書類よりずっと少ないでしょう」

葉宦官が同意した。

木蘭は瞳《ひとみ》に陰を作る。

「わたし、この件には大きな影を感じます」

「私も同じです、黎阿監」

葉宦官は肉を頬張りながら、竹簡の束を再び開き始めた。

翌朝、木蘭は鍵《かぎ》を持って椒房殿の米蔵を開かせたが、二十ある蔵のうち、十五が空だった。黄《こう》という元皇后付きの宦官《かんがん》がすっとんで来て真っ青な顔で滝のように汗を垂らした。木蘭は腰に手を当てて訊《たず》ねる。新任だからと舐《な》められないようにするためだ。

「いったいこれはどういうことなのですか」

「それが……私めも前任者から引きついだばかりなので、どういうことなのかさっぱりでして……」

木蘭は言い訳と感じた。

「あなたは長く晏皇后にお仕えしていたのですよね？　阿監の執務室には晏皇后がご裁可した書類がたくさんありますが、どうも実情と合わないものが多いように思います」

まだ詳しい数字を出していないので、強くは言えないが、すでに把握している態《てい》で言えば、黄宦官は気を失わんばかりに色を失う。木蘭は声を潜めた。

「晏皇后はすでにお亡くなりになりました。もし、責任を取るとすれば、それはあなたのようなお側でお仕えしていた者たちで、亡くなった晏皇后ではありません。誰もあなたたちを庇《かば》ってはくれないのです」

ぐっと息を呑《の》む音がした。樽《たる》のような腹をした黄宦官は体を重そうに身じろぎして、角張った顔を歪《ゆが》めて葛藤《かっとう》していた。そして、人が周りにいないのを確認してから、蔵の陰に木蘭を引っ張って行く。

「実は、すべて皇后陛下のお指図でした」

「本当ですか」

「ここの米も気づくと何者かが夜の内に運んでいきます。それについて私が訊ねることも疑問に思うことも禁じられていました」

では不正を行っていたのは晏皇后だということになる。

「皇后陛下が亡き後は行われなくなったのですか」

「いえ、その後も蔵の鍵を持った者が荷車を引いて持って行きます」

ということは、皇后が崩じた後もその配下が不正を続けているということになる。

「他に知っていることはありませんか。大部分の米が蔵から消えています。椒房殿に仕えている宮女たちの今月の給金も払わなければならないし、皇后陛下の葬儀関連の儀式はまだ行われていません。その費用はどうする予定なんですか」

「少府に相談したところ、葬儀のことは簡素化していいとのことで……」

晏皇后は殭屍《キョンシー》の犠牲となっただけでなく、国益のためにそれを秘されて埋葬された。

厚葬を皇帝は命じたのに、簡素化するとは酷《ひど》い話だ。ただ、それを黄宦官に言っても仕方のないことだ。木蘭はぐっと我慢する。そこへ、胡仁が血相を変えて現れる。

「大変です！」

「なにかあったの？」

「王充依が料理人を殺しました」

「ええ？　王充依が？　一体どういうこと？」

「食事が質素なのを馬鹿にしているとお怒りになって死を命じられたのです！」

　木蘭はこめかみを押さえた。どうしてこうも次々に問題が起こるのか。

　こちらは必死に金策に走っているというのに、側室たちはそんなことにはお構いなしだ。次に殺されるかもしれない黄宦官はぶるぶると震える。

「私めはどうなるのでしょうか」

「さあ……。でも、もし告発状を書くならわたしが預かります。それでどうですか」

　それなら、木蘭が不手際を見つけたのではなく、黄宦官が不正を新任の阿監に報告したということになる。むろん、不正首謀者がだれであるのか分からない中で、告発状を書くのは危険だが、発覚した時に書いていなくては間違いなく腰斬《ようざん》だ。

「お預かり頂けますか」

「ええ……でもわたしが出すと決めた時はあなたも協力してください」

「分かりました」

　木蘭は最後に訊ねた。

「誰が米を椒房殿から許可なく運び出しているのか、本当に分からないのですか。他にもいろいろおかしなところがあるのです」

「私めがわかるのは、おそらく権力を握る人物だということです。晏皇后の一族の者かもしれません」

　木蘭は晏皇后が清廉な人であったことを知っている。その一族が不正に関わっているとは思えない。不正のやり方は大胆不敵だ。新任のそれも監査などには全くの素人の木蘭たちが一目でなにかがおかしいと思うほど雑な仕事で、まるで発覚を恐れていないようだ。

「わかりました。ありがとうございます」

　木蘭は礼を言うと、文を竹簡にさらさらと書く。葉宦官にことの次第を伝えなければ。

「お使いを頼める？　胡仁」

「もちろんです、黎阿監」

　少年は竹簡をふところにしまうと、階段を走り去って行った。代わりに班女官が衛詩を連れて現れた。

「なにかわかりましたか」

「いいえ。詹事は自分たちでどうにかするようにとおっしゃって聞きませんでした」

「詹事の直接の仕事ではないからしかたないけれど、詹事だって、椒房殿に仕える人よ。この蔵の米がすべてなくなったらどうする気なのかしら」

木蘭は吐息を漏らす。そしてふと衛詩の顔が暗いのを見つける。いつだって元気いっぱいなのが衛詩という人なのに。木蘭は不思議に思って、彼女に声をかけた。

「どうかしたの？　衛詩」

「え？」

「顔色が悪いわ」

彼女は作った笑みを浮かべると両手を振った。

「そんなことないです、木蘭姉さん。あたしは元気いっぱいです」

衛詩は多感な年頃だ。気分が滅入《めい》る時もあるだろう。

木蘭はそれよりも米や金が足りないことの方で頭がいっぱいだった。考えれば考えるほど、分からなくなる。とても一人の仕業には思えない。複数の者が別々に関わっているのだろうか。

黒幕がいるのなら、皇宮を統括する少府の役人の可能性もあるし、晏皇后の親族の可能性もないわけではなかった。どちらにしろ、厄介な問題なのだ。

3

その夜のことだ。

孤月が傾き始めた時分、木蘭、葉宦官、班女官の三人は明かりが一つ灯《とも》るだけの阿監の部屋で集まった。それぞれが調べたことを互いに報告し合うためだ。

「亡き皇后が関わっていたことには間違いないようです」

葉宦官は、いくつかの書類の印を示して言った。班女官も、生真面目な顔をいっそう渋くして頷《うなず》く。

「どうやらそのようですね……」

手口はこうだ。後宮の宮女、女官の給金を水増しし、その分を少府から受け取りながら、支払いは例年通り安く支払う。あまった金を椒房殿の蔵に入れ、それはなに者かによって定期的に引き出され蔵に金も米もない。出せる金がないので、尚食などで必要な金がなくなり出入りの商人たちへの支払いが滞る。

木蘭はそれをほぼ一日で突き止めた。

ならば、少府の人間たちも気づきそうなものだ。監査の人間はなにをしていたのだろう。晏皇后が背後にいたというのなら、気づかないふりをしていた説明もつく。報復を恐れて皆で口を噤《つぐ》んでいたので、不正者はより大胆になったのではないか。

「これをご覧ください」

「これは――」

木蘭は一枚の受取書に目が釘付《くぎづ》けになった。

なぜなら、そこに記されている名は羌音のものだったからだ。羌音は劉覇の側近中の側近。悪事を働くような人物ではない。

「椒房殿の米を運び出していたという謎の宦官《かんがん》が羌宦官ではありませんか」

「羌宦官は劉覇さまに忠実な人よ。ありえないわ」

「ですから――」

葉宦官は彼らしくもなく言葉を濁す。言いたいことは分かっている。黒幕は劉覇ではないかということなのだ。

しかし、劉覇は清廉潔白な人で後宮の金を自分の懐に入れるような人物ではない。木蘭に釵などを贈ってくれても、彼女が日常につけることができる気後れしない品が多い。

皇太子として体面を保つ程度の出費しかしていないように見受けられ、贅沢《ぜいたく》な宴《うたげ》を催すことも、装飾品などを身につけていたこともない。馬が好きで、何頭も飼っているが、買ったものではなく、皇帝から賜ったものばかりだ。

「劉覇さまが不正をするはずはないわ」

「しかしながら、晏皇后が味方し、その死後も自由に椒房殿の出入りができるのは、皇太子殿下ぐらいしかおられませんよ」

葉宦官は他にも証拠となり得る門番の証言――椒房殿から運び出された荷を運んでいた者の身分証は太子宮のものだったという話をした。木蘭は黙りこくった。

――劉覇さまのはずはないわ。

太子宮に行けば、なにか話を聞けるかもしれなかった。ただ、劉覇の側近を羌音以外木蘭は知らない。彼は宦官ではない男を木蘭にあまり近づけたがらないからだ。

「太子宮の人間に聞いても教えてなどくれませんよ。殿下のお帰りを待つしかありません」

葉宦官の指摘は正しい。班女官が我慢がならないとばかりに口を挟んだ。

「黎阿監。もし、皇太子殿下が関与していたのなら、どうなさいますか」

「劉覇さまにかぎって不正など絶対にないです。お帰りになったら訊《たず》ねましょう。きっとなにか誤解があるんです」

「ええ……事情があるはずですわね」

聞いていた葉宦官は頭を抱え、掻《か》きむしった。

「尚食は数日後には金が足りないと言ってきましょう。皇后陛下の葬儀に関連した儀式もまだありますし、今のままでは年を越せません。早急に少府に金を要求しなければなりませんが、そうなると事情を説明しなければならなくなります」

困ったことになった。

――どうしたらいいの？

そこにカタリと音がして、木蘭が戸を開くと、夜食を盆に載せた胡仁がいた。慌てた様子で笑みを作る。

「どうしたの？」

「あ、いえ。皆さま、お腹が空《す》いたかと思って簡単に食べられる夜食をお持ちしました」

「ありがとう。気が利くのね」

木蘭は微笑んで盆を受け取る。そして衛詩がいないことに気づく。

「衛詩は？」

「衛宮女ですか？　夕食後は自分の部屋に戻ったと思いますが」

「きっと疲れたのね」

衛詩にしては大人しい。いつもだったら夜中まで木蘭の世話を焼こうとするのに、具合でも悪いのか、疲れてしまったのかどちらかだろう。皆に苦労をかけてしまっていることが、木蘭は心苦しくなった。

「阿監さま？」

中から案じた班女官の声がした。

「胡仁です。夜食を持って来てくれました」

胡仁は丁寧に拱手《きょうしゅ》した。

「他になにかご用はありますか」

「ないわ。あなたももう休んで。今日は一日ありがとう」

「ではこれにて失礼いたします」

木蘭はにこりと微笑むと戸を閉めた。葉宦官が盆を受け取ってくれ、卓の上に食事を並べる。温かい羹《あつもの》は寒い日にはありがたい。木蘭は頬を和らげ、小麦粉を練って焼いた胡餅《もち》を一人一人に手渡す。

「胡仁はよく気が利きますね」

葉宦官が、胡餅のごまが落ちた膝《ひざ》を払いながら、鼻を鳴らした。

「ああいう見習いは気に入らないですね」

物事をはっきり言う男は、遠慮なく新入りを批判した。

「どうして？　いい子なのに」

「あれは皇宮に慣れすぎている。あの年で、こちらの顔色を窺《うかが》って立ち回る。出世する類いの子供ですが、信用はできませんよ。利に聡《さと》いのは天性でしょう」

「そうかしら……」

葉宦官は胡餅を口に放り入れたので、それ以上なにも言わなかった。木蘭も話を続けたいとは思わない。それよりも資金繰りの方が気にかかる。明日をどうやって迎えたらいいのだろう。尚食に金はないと言って突っぱね、少府から直接支払いを受けるように言うしかない。

——叔父《おじ》さまに相談しようかしら。

後宮の運営について干渉はしてもよい忠告をしてはくれないだろう。とはいえ、他に頼れそうな人はない。

「わたし、明日にも家に帰って金策を叔父さまに相談してみようと思います」

「黎　中郎将《ちゅうろうしょう》にですか？　それより、東郭中書令さまにご相談してみては？　こう言ってはなんですが、武官の方に後宮のことはわかりませんよ」

木蘭は髪を耳に掛けながら顔を傾ける。

「ご迷惑ではないかしら」

「ああ見えて、あの方も少府に属する方です。裏の事情には詳しいでしょう。なにかわかるかもしれませんよ」

木蘭は餅を頬張りながら葉宦官の方を向いた。

「今日、東郭中書令さまとお会いになったんでしょう？　なんとおっしゃっていたのですか」

「残念ながら朝議が長引き、話をする機会を得られませんでした。代わりに門番などを聞き込みしていた次第です」

「ではわたしが明日の朝にでも天禄閣に行って来ます」

戸が叩《たた》かれる音がした。

胡仁が戻ってきたのかと思ったが、黄宦官だった。

手にしているのはむろん告発状。

下手な字とはいえ、誠実にことの顛末《てんまつ》が書かれている。つまり——皇后陛下の命令で謎の人物に椒房殿の米が引き渡されていた。自分は前任者からその慣習を引き継いだが、初めは不正と思わなかった。しかし、調べたところ、謎が多く、調査を依頼する——という旨の文だ。木蘭は引き出しにそれをしまう。

「決意してくれてありがとうございます」

「いえ。こちらこそお世話をかけます」

「なにかあったときは必ずわたしが助命を求めるので、安心していてください」

「感謝します、黎阿監」

黄宦官は引き上げようとしたが、木蘭はそれを止めた。

「聞きたいことがあるんです。ちょっといいですか」

黄宦官《かんがん》が振り向いた。

「米の受け取りに現れたのは太子宮の宦官ではありませんか」

彼は少し目を泳がせた。羌音とは面識があるはずだ。皇后にも長く仕え、その事情にも詳しい黄宦官がなにも知らないとは信じられない。木蘭は慎重に声音を和らげてさらに訊ねる。

「話してはくれませんか。劉覇さまがこの件に関わりがあることはすでに分かっていることなのです」

黄宦官は顔を伏せ首を振った。

「お願いします」

木蘭は黄宦官の袖《そで》を摑《つか》んだ。彼は根負けの長い吐息をつく。

「実は――」

4

「木蘭は大丈夫だろうか」

劉覇は、何度目かの言葉を馬車の中で口にした。自身の殭屍《キョンシー》の調査などはさして案じないが、大事な木蘭が無理難題を皇宮で課されていないかと思うと、今すぐにでも長安に取って帰りたい気分になる。

「黎阿監さまならきっと大丈夫ですよ」

後から長安を出発して馬車に荷物を積んで来た羌音も劉覇に追いつき、今は同乗して気休めを言ってくれる。

「知っているだろう？　皇帝陛下は一筋縄ではいかない人だ。いじめられていないといいのだが……」

窓の外を見れば、一面の荒れた畑と低い山が幾つかあるだけだった。

痩《や》せた牛が村人と歩く畦《あぜ》が続き、細い炊煙が陋屋《ろうおく》から上る。

土がほとんどむき出しで、黄塵《こうじん》が舞う辺鄙《へんぴ》な場所だ。

霜にやられた葛《くず》が紫紅色の花を垂れているのも寂しげだった。

長年、隣国、匈奴とは戦を繰り返して来たため、都から遠く離れた村々が荒れるのは仕方のないことなのかもしれない。枯れ葉が地面を黄金に染めていることにさえ、劉覇は心を痛め、感傷が胸に広がってくる。

「酷《ひど》いな」

劉覇は長安から北西の方面へと向かっている。

この道をずっと西に行けば、武威《ブイ》、酒泉《シュセン》、敦煌《トンコウ》、楼蘭となり、やがて大宛など西域の国々に到達する。

劉覇が目指す村は、匈奴との国境に近い隴西《ロウセイ》郡に行くまでの途中にある井邑《イユウ》という地図にも名のない小さな村だ。

連れている兵士は千。

村で「奇病」だと言われている、死体が動き出す現象の目撃証言は少なく、多くの兵は不要かもしれない。ただ広域な調査を行うべきなので、対殭屍の訓練をした近衛《このえ》の兵を連れてくる必要があった。

「どうか、窓の帷《とばり》はお閉めください」

なにかあると危ないと思っている羌音が言い、劉覇は紺色の帷を下ろした。

狭い馬車の中で吐息をつく。

今上の御代《みよ》は豊かで、西域に遠征し、国土を拡大した。しかし、国境に近づけば、長安のような豊かさとは無縁であるのが分かる。劉覇の御代になったとき、大きな負債として残るのではないかと懸念せざるを得ない。

殭屍のことも、皇帝の西方遠征さえなければ、始まらなかったことなのだ。今から向かう村が本当に殭屍によって滅ぼされたのなら、公孫槐は殭屍によるこの国の支配を諦《あきら》めてはいないことになる。再び長安は殭屍の恐怖におののくことになるだろう。

「木蘭は大丈夫だろうか」

劉覇は同じ問いを羌音に向ける。

木蘭のことを心配している方が何倍も幸せだった。

――陛下が木蘭を困らせている可能性が一番高いかな。

劉覇は木蘭からの贈り物である鵲《かささぎ》の形をした佩玉《はいぎょく》を取り出す。これに触れると自然と気持ちが落ち着く。

「殿下。村が見えてきました」

山道をどんどん北に登り、危うい崖《がけ》の狭間《はざま》の道を馬車の車輪ぎりぎりで行けば、霧の間から視界が開け、山間に十軒ばかり家のある村が見えた。劉覇は馬車の帷を腕で押さえながら、武官たちに言った。

「用心せよ。殭屍がいるかもしれない」

「はっ」

劉覇も馬車から下りた。

歩いて村の入り口まで行き、武官たちが安全を確認しに走っていくのを見守った。

いつもは自らが前駆となる劉覇が静かに武官たちが戻ってくるのを待っていると、羌音が不思議そうに見る。

「どうされたのですか」

「人の気配がない」

劉覇は半殭屍の身だ。そのため、人では持ち得ぬ力があり、だれより素早く動き、耳が聡《さと》く、鼻も獣のように敏感だった。

この村に入った瞬間から、人の息づかいも、一拍の鼓動もしないのが劉覇にははっきりと感じ取れていた。

未《いま》だ、日は真上にある。殭屍が動き出すには早い。

「日が暮れるまでに安全を確保しよう」

「はい」

武官が戻って来た。三十代の晋継《しんけい》という男で、長らく劉覇の護衛をした後、皇帝の警護官である衛士令を務める殭屍討伐の要《かなめ》の人物だ。

「殿下。人気がありません」

「では調査を始めよう」

「はい」

隣村の田舎役人が、足をがくがくさせながら立ち会う。劉覇は手を背中にそわせて緩やかな坂道を下った。どこにも人影はなく、聞こえてくるのは小川のせせらぎだけだった。

——静かな里だ。

山梨《ヤマナシ》の葉が道に落ちて臙脂《えんじ》色に染まっているのも趣があった。ただし、曇天のせいかどこか陰鬱《いんうつ》な空気が拭《ぬぐ》いきれない。

「この村には何人住んでいたのだ」

「三十人ほどおりました」

身を震わせながら二十二人が大人で、八人が子供だったと隣村の役人は言う。たしかに、木でつくった剣のおもちゃが貧しい家の軒先に放置されたままになっている。子供の靴が片方だけ雨ざらしになっており、主《あるじ》のいない家の陰に哀愁を漂わす。

「誰一人、生き残っていないのか」

「生き残りはおりません」

「亡骸《なきがら》などは？」

「村の北側の墓場に埋葬いたしました」

「見てみよう」

劉覇たちは放置された田を横切り、墓石のみの墓場に立つ。まだ土は軟らかく、草は生えていなかった。そこに手折られた花が供えられているのを見つけると、劉覇は手に取る。萎《しお》れてはいるが、新しい。

「これは？」

「さあ」

劉覇は匂いを嗅《か》いでみた。花ではなく、その花を供えた者の匂いだ。

「人間だ」

劉覇の声に羌音が、瞠目《どうもく》した。

「村に生き残りがいるのでしょうか？」

「隣村の者がしたのではないのなら、そうだろう」

風が西から吹いて来た。劉覇は鼻を動かした。人間の、それも子供の臭いがする。ここから遠くないどこかに隠れている。

「墓はいかがしますか」

羌音が鍬《くわ》を片手に訊《たず》ねる。

「掘り返せ。殭屍《キョンシー》が埋められている可能性がある。復活したら面倒だ。陽があるうちに必ず全部の遺体を陽の下に晒《さら》すか、首を斬り落とそう」

「かしこまりました」

劉覇は風に誘われるようにその場を離れ、墓の隅に咲く野菊に触れた。木蘭の髪に似合いそうな白く清楚《せいそ》な花だった。指先で花弁に触れ、血がついていることに気づく。一滴だが、黒ずんで見える。

「どこに隠れている？」

劉覇はあたりを見回す。

気配は感じる。

臭いもかすかにする。

しかし、その居場所が分からない。そしてふと頭上を見上げると、なにかが動いた。樫《かし》の大木に上っている少年の影を見つけた。劉覇はすぐに地を蹴《け》った。器用に片足で、樫の木の枝に着地すれば、驚愕《きょうがく》の瞳《ひとみ》が劉覇に向けられた。

「あ、あああ、あ」

少年は幹を抱きしめながらあたふたと驚いている。十ぐらいだろうか。

「あ、あんたは……」

少年は、薄汚れた丸顔に、黄色い歯、団子っ鼻に頬にひっかき傷があった。劉覇はそっと彼に近づく。

「俺の名は劉覇。長安からこの村の異変を聞きつけて調査をしに来た」

「あ、あんたも、あの銀髪の男の仲間か」

「銀髪？」

劉覇は眉《まゆ》を寄せる。

銀髪といえば、公孫槐しか思いつかない。

「そうなんだろ？　だから跳べるんだ。あいつも跳べた」

劉覇は心外とばかりに鼻を鳴らした。

「武術を極めた者ならこれくらいできる」

「嘘だ」

「長安に来てみろ、みんなできる。そんなことも知らないのか」

別に少年をからかいたいわけではないが、自分が半殭屍であるのを説明するのが面倒なのでそう言うと、田舎者だと思われたくなかったのだろう、少年は知った顔を作って口を尖《とが》らせた。

「おらだって、そういう話は聞いたことがあるぞ」

「俺は、殭屍という化け物のことを調査している。この村がこうなった原因を知りたい」

少年は首を振った。

「化け物じゃない。神人《しんじん》さまだ。神人さまが皆を喰ったんだ。悪い魂だから喰わなきゃ仙界に一緒に行けないって言って……」

劉覇の目が鋭くなった。

5

少年の名は広《こう》と言った。

元はこの村の出ではなく、母親が亡くなって数ヶ月前に叔父《おじ》に引き取られてこの家にやってきた。叔父の家では可愛がられず、一人だけ家畜小屋で山羊《やぎ》と鶏と暮らしていた。生き残ったのは、そのせいだった。

「神人さまが、この村に住むようになったのは、おらが来る数ヶ月前だって聞いたよ」

神人の特徴は、銀髪、異国めいた彫りの深い顔、紫の瞳。一度見たら、誰もが惹《ひ》かれる神秘的な容姿と魅惑的な瞳をしていたと、劉覇が皇太子だと知った少年は丁寧な口調で説明し始めた。

「神人さまは村長《むらおさ》の家に住んで、そこのお嬢さんの病気を治したんだ」

「なるほど」

劉覇は頷《うなず》く。

村長は娘の病気を治すために公孫槐を村に迎え、神人として敬った。村人も同じように神の使いとして彼に心酔して仕えるようになり、血を捧《ささ》げ仙界の儀式にあけくれた。匈奴と漢の両方の兵から追われていた公孫槐は、よい隠れ場所を見つけたというわけだ。

「皆、神人さまにお願いごとをしに夜中に村長の家に行っていたんだ。死にかけていたばあさんは歩けるようになったし、目が不自由だった隣のおじさんは見えるようになったんだよ」

「お前はなにを頼んだんだ？」

少年は悲しげに爪先《つまさき》を見た。

「おらは、村にいることを神人さまに叔父さんが隠していたので、会いに行くことはなかった」

「どうして？」

「神人さまは村の外の人間がお嫌いだからだって」

劉覇は腕組みをする。

少年は小石を蹴った。

「おら、見たんだ」

そして劉覇を見る。

「神人さまのところに長安から客が来たんだ」

「どうして長安からだと分かった」

少年は馬鹿にするなと顎《あご》を上げる。

「言葉が都なまりだったんだ。馬車に乗っていたのは役人風の太った男だったし、馭《ぎょ》者《しゃ》もしゃれた衣を着ていた。おらの死んだかあちゃんは宿屋で奉公していたから、おらは旅人のなまりには詳しいんだ。間違いはしないよ」

劉覇は少年に目線を合わせる。

「太った男が誰かは分かるか」

「護衛の人が言っていたよ。『うんだいおうろさま』って」

劉覇は眉を寄せる。

「もしや雲大鴻臚《うんだいこうろ》と言ったのか？　大鴻臚と？」

「そう聞こえたってだけだよ。どういう意味かなんておらは知らない」

大鴻臚は漢と関わりのある異民族の国を掌《つかさど》る役職だ。そういう人間が公孫槐と結びついているとなれば、漢、匈奴の同盟軍が殭屍を討伐するという情報が漏れていた可能性がある。

「その人がなにかを神人さまに伝えに来たんだよ。そうしたら神人さまが村人を集めて宴《うたげ》をするって言い出したんだ。おらはもちろん呼ばれていないから、こっそり木の上からそれを見ていたんだ」

広少年は目に涙を浮かべる。

その後は、少年が語らなくても劉覇には想像できた。

女子供も関係なしに、公孫槐は捕まえて血を飲んだのだ。惨憺《さんたん》たるありさまだったに違いない。血の海ができ、人々が泣き叫び、息絶えた。

「おらは怖くなって山に逃げたんだ」

「そうか……お前だけでも生きていてよかった」

劉覇は考えた。もし、公孫槐がこの少年の存在を知ったらどうするか。雲大鴻臚の名前まで聞いている子供を生かしてはおかないだろう。隠さなければならない。

「殿下」

羌音が青い顔でこちらに走って来る。

「どうかしたか」

「墓を掘ったところ、やはり殭屍《キョンシー》でした。陽の光で灰になりましたが、ご覧になりますか。内、一体は高等な殭屍でしたが兵士が片づけました」

「そうしよう」

劉覇は少年に馬車で待っているように告げると、羌音と墓場まで戻る。柩《ひつぎ》の中にあるのは、衣類と形見ばかりで肝心の遺体は灰となって白く残っているのみだ。公孫槐が手足に使っていた高等な殭屍はどうやら村長の娘のようだった。

「酷《ひど》いな」

劉覇は羌音を振り向いた。

「羌音、あの少年は大切な目撃者だ。どこか匿《かくま》う場所はないか」

「親戚《しんせき》の家が長安郊外にあります。そこに預ければ安全です」

「ではそうしよう。頼む」

「かしこまりました」

劉覇は柩の一つ一つを見て回ったが、手がかりとなるものはなにもなかった。

村長の家に足を伸ばしてみることにする。すると入り口に鹿の頭蓋骨《ずがいこつ》が吊り下がっていて、赤、青、白、黄、緑の紐《ひも》が結ばれていた。鈴がその先端についており、人が出入りするたびに音を立てる。不気味な魔除《まよ》けの飾りだ。

「ただの子供だましだ」

異様な飾りに大の武官たちが内心怯《おび》えているのを見て、劉覇はまず先に敷居を跨《また》いでみせる。すると、中は幽暗とした土間だった。奥に部屋があり、人間の汗の臭いに混じって生臭い血の臭いが充満していた。

火だねを使って明かりをつければ、枯れた桂花《きんもくせい》の黄色い花びらが床に散っている。丹桂は公孫槐が好んだ匂いだ。

「これをご覧ください」

晋武官が、土間の片隅にある水瓶《みずがめ》の木蓋《ぶた》を取って見せた。臭いの元はこれで、水の代わりに血で満たされているではないか。怒りで劉覇は目をそらし、部屋の戸を開ける。どの部屋も血の臭いがするばかりで、それ以上公孫槐の形跡はなにもなかった。

「これは……」

竈《かまど》にわずかに焼け残っている帛書《はくしょ》の切れ端が見えた。劉覇は箸《はし》を使ってそれをそっと取り出してみた。

「雲久《うんきゅう》」

文の焼けかすのようだ。署名だけが見えた。

「雲久か。聞き間違いだといいと思ったのだがな」

雲久こそ、大鴻臚の職についている雲大鴻臚のことである。多言語に精通し、西域にも何度も足を運んだことのある優秀な人物である。広少年から彼の名らしきものを聞いたとき、劉覇は嘘だと思ったが、この帛《きぬ》の切れ端を見れば、雲大鴻臚が公孫槐に関わっているのは疑いようがない。

——大鴻臚が殭屍の仲間となれば、かなりの数の官吏が手下の可能性が高いな。

ここを去った公孫槐はどこに行ったのか。

もし長安であれば大問題だ。

待っていられず馬車から降りて来た広少年に、劉覇は注意深く尋ねた。

「神人はどこに行ったか知っているか」

「分からないよ。でも村から出る道は、西域に行く道と、長安へと行く道の二つだけだ。おらは木の上から見ていた。神人さまを乗せた馬車は東へと曲がった」

劉覇は舌打ちしそうになった。村から東なら、長安に向かったことになる。

「殿下、これをご覧ください」

羌音が床でなにかを見つけた。

銀色の長い髪だ。公孫槐のものだろう。長く艶《つや》やかだった。劉覇は手巾《しゅきん》を取り出しその中に包んだ。

「やはり公孫槐は長安に行ったか」

「その可能性が高いでしょう」

晋武官の言葉に、劉覇は銀剣の柄《つか》を摑《つか》んだまま言った。

「すぐに柩を埋め戻し、長安に帰ろう。陛下の御身が心配だ」

「御意」

「俺は報告書と文を何通か書く」

劉覇は羌音を呼んだ。

「墨の準備をしてくれ」

「かしこまりました」

劉覇は自ら村長の家から机を庭に運び出すと、羌音が用意した墨に筆を深く馴染《なじ》ませた。

「井邑にて公孫槐の形跡あり。長安は速やかに警戒し、殭屍に備えるべし」

――これは始まりにすぎないだろう。

劉覇は筆を止め、秋の曇った空を失意の目で見つめた。

6

木蘭が、翌朝、天禄閣に行くと、普段からここで寝泊まりしている東郭研老人はすでに目覚め、武術の型などをして汗を流していた。木蘭はさっそく黄宦官《かんがん》から昨夜聞いたことをかいつまんで話す。多額の金が後宮で行方不明になり、劉覇がどうやらそこに関わっているようだということ、それを証拠づける証言がいくつもあり、木蘭はいったいどうすればよいのかということを一息に話した。

「黄宦官が言うには、すべては劉覇さまの意向で行われているようなんです」

「うむ。皇太子殿下がのぉ」

東郭研は顎髭《あごひげ》を弄《もてあそ》びながら考える。

「わたしはとても信じられません。劉覇さまは、横領などをする人ではありません」

東郭研は汗を拭《ふ》きながら水を飲む。

「皇太子殿下に事情を聞くほかないじゃろう」

「そうなのですが、殭屍の捜査に行っていていつ帰ってくるのか分からないのです。それまでどうしたらいいでしょうか。お金はないし、蔵にも余分な米はありません」

「太子宮の者に金を借りられないか」

木蘭は首を振る。

「実家に行って叔父《おじ》から借りようと思っています」

「うむ。それも悪くないが……」

少なくない額を太子宮で留守を任されている者が自分の判断で貸すことができるか甚だ疑問だ。実家から借りた方がずっと気が楽で確実だった。木蘭には父と兄が残してくれた多額の遺産がある。それを使ってもよかった。

「黎家は戦で大きな功績を何度も立てた。その財は都でも有数であろうが、後宮の経費をずっと払い続けられるほどではあるまい」

「はい。それはわかっています。劉覇さまが帰って来るまでの数日の間だけのことです」

「うむ」

東郭研は白い顎髭を何度も撫《な》でた。

「だがな――」

おもむろに老人は続ける。

「皇帝陛下にご相談するのが一番じゃと思うぞ」

木蘭は慌てた。

「そんなことをして、もし陛下の機嫌を損じたら、劉覇さまは皇太子の座から追いやられてしまいます」

今は皇后が決まっていない不安定な時期だ。劉覇には兄が二人おり、どちらかを皇太子に立てようかなど、あの皇帝なら言い出しかねない。

「陛下が非情なことは誰よりも東郭中書令さまがご存じではありませんか」

「もちろん知っている。知っているからこそ言っているのじゃ。皇帝陛下は太子にも残酷じゃが、そなたにも残酷であることを忘れてはならないぞ」

「どういう意味ですか」

木蘭は意味がわからず首を傾げる。

「わしは、皇帝陛下はそなたを試しているのではないかと思う」

「試す？　どういうことですか」

東郭研が真剣な面持ちになる。木蘭は前屈《かが》みになった。

「皇帝陛下はしばしばその人間が信用に足る人物か確かめるためにわざと苦境に落としたりすることがある」

「あの陛下なら、あり得ないとは言えないですけれど……」

皇帝陛下は猜疑《さいぎ》心《しん》が強い。

「此《こ》度《たび》のことは、あきらかに不正があり、聞いただけで大胆な手口じゃ。地獄耳の皇帝陛下がご存じないとはとても思えない。皇宮には監査官だけでなく、多くの陛下の間者がいるのじゃよ」

「つまり、これは皇帝陛下の仕業ではないかと？」

「うむ。わしの勘じゃがな」

木蘭は顎に手を当てて考えた。

――そんなことがあってもいいの？　皇帝が国の金を密《ひそ》かに皇太子に盗ませている？　おかしすぎるわ。

とはいえ、劉覇が不正を行っているとはとても思えないのだから、東郭研の言うように、これは木蘭に与えられた太子妃になるための試験と考えるのが妥当かもしれない。しかし、もし間違っていたら？　劉覇は不興を買い、横領で捕らえられる可能性がある。

「迷う時間が長くなれば長くなるほど、陛下はそなたを疑うじゃろう。今までのような信頼を得たいならば、悩んではならぬ。陛下は、臣下が親や子、夫や妻よりも忠を尊ばねば気に入らぬ。皇太子殿下を庇《かば》って陛下にこのことを報告しなければ、今後、決してそなたのことを信用してくださらぬわ」

木蘭は黙ったままだった。

わかっている。しかし、これは勇気のいることだった。

「そなたは信じるか、皇太子殿下を」

「それはもちろんです」

「ならば答えは一つしかあるまい。皇帝陛下にこのことをご報告し、どうしたらいいのか直接のご裁可を仰ぐべきじゃ。陛下はなんでも相談せよと言ったのじゃろう？」

「はい、そうおっしゃっていました」

木蘭は決意を固めた。東郭研に礼を言い、部屋に戻るとすぐに報告書を書くべく墨を摩《す》る。すでに優秀な葉宦官があらましをまとめてくれているので、それを文章にすればいいだけだ。

「これは――」

しかし、その資料を見て木蘭の手が止まった。

王充依に給付されている金額が思ったより少ないことに気づいたからだ。何年も前に皇帝の怒りを買い半額に減額されたのが、そのままになっているせいだった。

これでは王充依は日々の生活に事足りないだろうに、彼女はどうやって皇后のように立派な衣を着、皇帝のような食事をしているのか――。

――広陵王が助けているのかしら。

息子の広陵王は地方の税収もあり豊かだ。母親の贅沢《ぜいたく》な暮らしを支えることは可能だろう。木蘭は気に留めないことにし、報告書をしたためる。

「木蘭姉さん、ちょっといい？」

最後の署名をし、印を押した時、遠慮がちに衛詩がひょっこり顔を見せた。木蘭は墨を乾かしながら、微笑んだ。衛詩は少し肩を小さくし、猫のように小走りに部屋の中に入ってくると頭を素早く下げる。

「話があるの、木蘭姉さん……」

「話？　どうしたの？」

木蘭は報告書を折りたたみながら、立ち上がる。

「大事な話？」

「はい……」

「玉堂から戻ってからでいい？　今から皇帝陛下に拝謁を賜るの。帰って来たらゆっくり話を聞くわ」

衛詩はうな垂れたが、すぐに明るい笑顔になる。

「ありがとう、姉さん。それなら、あたしも玉堂にお供するね」

「そうしてくれる？」

衛詩は、道々、椒房殿で仲良くなった宮女の話やら、宮殿に居着いている野良猫の話やらを始める。誰と誰が喧嘩《けんか》しただの、噂話を幾つも教えてくれ、彼女と一緒にいるのは楽しく、木蘭は、しばし阿監の重圧から逃れることができた。

宮女であった頃は、それは毎日のことだったのに、阿監になってからは手伝いを頼んでも衛詩の話をゆっくり聞いていないことに気づいた木蘭は、玉堂の帰り道に衛詩の話を必ず聞こうと思った。

笑い声を立てながら、玉堂の階段前に立つと、伊良亜の姿があった。彼女は木蘭に微笑み、衛詩にちらりと視線を送る。衛詩は急に宮女の顔に戻ると、木蘭が長い階段を上るのを手伝ってくれる。

「伊良亜」

「黎阿監さま」

伊良亜に阿監と官職で呼ばれるのはなんだか気恥ずかしい。

「どうですか、仕事は慣れましたか」

「とても慣れそうにないわ。女官、宮女は三千もいるのよ。わたしに管理などとてもできないわ」

「ご謙遜《けんそん》を。木蘭さまならきっとできますわ」

木蘭は肩をすくめてみせた。伊良亜は微笑み、衛詩の代わりに木蘭の手を取って玉堂の中へと誘《いざな》う。

「皇帝陛下は起きていらっしゃる？」

「はい。そろそろ阿監さまが泣きついてくるのではないかとおっしゃっておりましたわ」

「やっぱり」

木蘭は皇帝がなにかを知っていることを確信した。

7

「昨日から待っておったぞ」

「陛下」

木蘭は挨拶《あいさつ》もなおざりに、一癖も二癖もある爺《じじい》に開口一番文句を言う。

「酷いではありませんか」

「酷いとはなにがだ？」

「ご存じでしょう？」

白髭《ひげ》の君主は笑った。機嫌は上々らしい。

「なんのことだろうなぁ？」

すっとぼける皇帝に、木蘭は柳眉《りゅうび》を逆立てる。やはりこの人に自分は試されていたのだ。つかつかとその前に進みでると、拗《す》ねた顔で報告書を差し出した。

「これです、陛下」

亡き皇后と劉覇が、後宮の金を流用しているのではないかという疑いがあり、調査が必要であること。後宮に資金が尽きているので、迅速な対応が必要であることが書かれたものだ。皇帝はわざとらしい神妙な顔を作ってそれを読むと、「うむうむ」とこれまた芝居がかった声を出す。

「なかなか上手に書けているではないか、木蘭。この『拝』の字など形がよい。大したものだ」

「陛下、ちゃんと内容をごらんください」

内容ではなく、字を褒めるとはどういうことだろう。孫娘の手習いではないのだ。

皇帝は苦笑する。

「劉覇が不正を行っている可能性があるとそなたは本当に思っているのか」

「不正を行っているとは一言も言っていません。許可なく流用している可能性があるとだけ、わたしは申し上げているのです」

「それは不正ではないのか」

「理由があると判断しました」

「どうしてそう思うのだ」

木蘭は背筋をすくりと伸ばして顎《あご》を上げる。

「わたしは劉覇さまを信じています。不正をするような方ではありません。陛下にご報告しても問題ないとわかっているので、なにか事情があるのではないかと思ってお尋ねしようと思ったのです。本来なら劉覇さまに直接問いただすべきですが、長安を離れているので、陛下に拝謁を賜りました」

木蘭はじっと彼女の瞳《ひとみ》の奥底を覗《のぞ》き込む皇帝の目を見返す。

「わたしをお疑いなのですか。陛下のことを実の父以上に思ってお仕えしているのに？」

「疑ってなどおらぬ」

「本当はこの件をご存じなのでしょう？　なぜ、わたしを試すようなことをするのですか。ここにご報告に現れなければ、どんな罰をお与えになるおつもりだったのですか」

　皇帝はなだめるような声になった。

「試したのではない」

　木蘭の手を皇帝が握った。皺《しわ》だらけの手は血管が浮き出て、彼が長い年月生きて来たことを物語っている。骨張って冷たく硬いその感触に木蘭は、亡き祖父の手を思い出し、わずかに怒気を収めた。

「皆、下がっておれ」

　皇帝は人払いすると、干したナツメをつまみながら、のんびりと白湯《さゆ》を飲む。木蘭は泣きたくなった。ここ数日というもの、金だの不正だの、今まで自分が経験したことのない悩みで頭がいっぱいで胃がキリキリと痛んだのに、皇帝はナツメを食べている。ナツメなど後にしてくれればいいのにと木蘭は睨《にら》む。

「陛下」

「わかった。わかった。朕が悪かった。劉覇に後宮の金を集めよと言ったのは朕だ」

「やっぱり！」

でなければ、晏皇后も劉覇も動くはずがない。

「そなたは、国家の財政を預かるのが大農、皇室の財政を預かるのが少府だというのは知っているか」

「はい。そのように聞きました、陛下」

「少府の財源は人頭税だ。大農の財源は作物の年貢が主。作物の出来にもよるが、ときには少府の方が収入がよい」

人頭税は安定した財源であると葉宦官《かんがん》が言っていたことを木蘭は思い出す。

「つまりどういうことですか」

「つまり、朕は、足りない国家の資金を後宮の金で穴埋めしていたのだよ」

なるほどと、木蘭は得心するが、疑問は多い。

「例えばなににお使いに？」

「そうだな。内偵費や、公にできない金じゃ。けっして浪費に使っていたのではないぞ」

大農の資金が潤沢でないため、後宮の資金に手を出したのが皇帝であれば、誰も文句は言えない。木蘭は眉《まゆ》を八の字にして唇を尖《とが》らす。皇帝は椅子を叩《たた》いて木蘭を座らせる。

「皇后が生きていたときは、皇后にすべて任せていた。その後は、劉覇が引き継いだが、やがてそなたがやらねばならない仕事だ」

「わたしが？　ですか」

「ああ。朕は信用できぬ者に金を触らせぬ」

「やっぱりわたしが信用できるか、試していたんじゃないですか」

皇帝は苦笑した。

「木蘭なら朕を失望させぬとわかっていた」

「わたし、お金のことで悩むのは好きじゃないんです、陛下」

「それは誰だって好きではない。朕もどこから金を用意するかといつも頭を痛めては苦しんでいる」

「陛下もですか」

皇帝は頷《うなず》く。

「この巨大な国を動かすには多くの人と金が必要だ。間諜《かんちょう》は朕にとって大切な手足で、それらにも金を与えなければならぬ。朕だけではない。劉覇が将来、帝位についたら、きっとそなたの助けとなろう」

木蘭は劉覇が玉座に着く日を想像し、不安になった。自分は彼を上手《うま》く支えていくことができるだろうか、国母となり国の礎となることはできるだろうか。

「そんなに心配せずとも大丈夫だ。そなたにはたくさんの仲間がいる」

木蘭は親指を弄《もてあそ》ぶ。

「でも、それならば、制度を変えればいいのではありませんか。少府は余剰の税の一部を大農に渡すとか。そうすれば、なんの問題もなくなります」

「そうだな。本来はそうすべきなのだ。しかし、制度を変えるというのは、制度をつくるより難しいときがあるのだよ、木蘭」

皇帝の言葉は奥が深いように木蘭は感じた。ただし、言わねばならないことがある。

「陛下のご事情はよくわかりました。でも、少ない給金で働かされている宮女たちはどうしたらいいのですか。今のままでは家に仕送りどころか、必要なものも買えません」

「そなたは、豊かな家の生まれで知らぬだろうが、この世界には貧しさゆえに、三食の飯も食えぬ者はいるのだ。後宮で働く者の多くは食事を食べられるだけで感謝しているのだよ」

そうかもしれないが、そうではない。木蘭は皇帝の言葉にあえて反論はしなかった。

それより、側室たちの贅沢《ぜいたく》の方が問題があるように思う。金銀財宝を湯水のように使う掖庭殿の支出を節約できれば、皇帝にも安定した秘密資金を渡せるのではあるまいか。木蘭は訊《たず》ねた。

「陛下、後宮はいかがなさいますか」

「その点については、朕も考えておる。理由をつけて側室たちに支給する金を減額してはいるのだ」

　このたびの建章宮でのもめ事に関しても、皇帝は「温情」を見せて張八子に宮女の腰斬《ようざん》ではなく支給される手当の減額で手を打ったという。

「しかしな、木蘭。減らしすぎることもできぬ」

「なぜですか？」

「女どもは着るものや、身につけるものに金がかかる。それゆえに欲深い。金が足りなければ、自《おの》ずと表の政治に関わり、不正をする者が出て来るからだ」

　皇帝は木蘭の手のひらにナツメを一つ握らせる。

「木蘭は純粋な気持ちで劉覇を慕っている。しかし、劉覇は次の皇帝。その妻たる皇后としてやって行くには愛だけでは足りぬ。なにしろ後宮は魔窟《まくつ》である。必要なのは金を握り、人を統べ、夫を助ける力だ。それが皇后の務めよ」

　木蘭は皇帝を見た。

「老い先短い朕は、そなたが立派な皇后となるように導こうと思って、今回の件を任せたのだ。金の動きを見れば、大抵の問題の所在がわかり、口で説明するよりいいだろうと思った」

「陛下……」

そんな深慮があったとは思わなかった木蘭は、胸がじんとした。

「わかったか」

「はい……陛下の深い御心に気づけず申し訳ありませんでした」

反省の気持ちを込めて頭を下げれば、皇帝が撫《な》でる。

「謝る必要はない。後宮に足りない金は午後にも蔵に戻され、支払いは滞りなく行われることになるだろう。阿監のそなたが煩うことはない」

「感謝いたします、陛下」

木蘭は拝礼をした。満足そうな皇帝。これで一応問題は解決した。木蘭はお金のことが解決しただけで今日は十分だった。

「ではそろそろわたしは――」

皇帝とて遊んでいる暇はないだろう。木蘭は皇帝の御前を下がろうとした。ところが、拱手《きょうしゅ》して退出の許しを得る前に、人払いしてあったというのに江中常侍が部屋の中に入って来た。

「恐れながら、申し上げます。陛下、王廷尉が急ぎお目通りを願っております」

「なにか用か」

皇帝が厳しい君主の声になった。

「皇太子殿下の件で上奏したき議があるとのことです」

臣下が朝見を約束もなしに求めるのは珍しい。

――廷尉といえば、九卿《きゅうけい》で刑罰司法の長である重臣だわ。なにかあったのかしら。

皇帝は木蘭に部屋から出て行けとは言わなかったので、彼女は何食わぬ顔で玉座の後ろに控え、様子を見ることにした。劉覇の件なら聞かずにはいられない。調査の道中でなにかあったのかもしれない。

「申し上げます」

現れた王廷尉は、黒髪と髭《ひげ》が豊かで、目が細く、鋭い視線の男だった。彼はうやうやしく拝礼をすると上奏文を掲げる。江中常侍がそれを皇帝に手渡した。

「うむ」

皇帝はわずかに眉を寄せた。王廷尉は、拱手したまま顔を伏せ、太い声で言上する。

「恐れながら、皇太子殿下に不正の疑惑がございます。早急に調査の必要がございます。陛下、どうか皇太子殿下の糾問をお許しください」

「不正とはなにごとだ」

皇帝は険しい顔を上げた。王廷尉は臆《おく》することはない。

「土地の不正取得、専売の鉄から不正な利益を得ている疑いがございます。なにより後宮資金の不正流用に関する証拠はすべて揃っております」

木蘭は王廷尉が王充依の兄であることを思い出し、開け放たれた窓の向こうで浮雲が白日を覆い始めたのを見た。

8

劉覇は報告書の墨も乾かぬうちに立ち上がり、長安に向かうために騎乗の人となる。

「羌音、お前は馬車で目撃者を隠れ家まで送り、後から長安に来てくれ」

大事な目撃者である広少年は羌音に預け、自らは武官たちとともに馬の尻《しり》に鞭《むち》を入れた。長安にこの一大事を報告しなければならない。

「はっ」

馬を急がすのは、夜を恐れているからだ。

この辺りに殭屍《キョンシー》が隠れている可能性があった。山の変わりやすい天候のせいで細雨が肩を濡《ぬ》らし始める。

「日が暮れます」

晋武官が言う。

大地を覆う空は、残日で茜《あかね》色に染まり出し、厳しい山道は暗闇に沈んでいく。劉覇の焦りは汗となって額を飛んだ。公孫槐が仲間を増やしながら、長安にすでに到着していても不思議はなかった。

「木蘭……」

野生の木通《あけび》が、薄紫色に染まり、葉は半ば黄色く色づいている。宮殿で見つければ、木蘭に取ってやるだろう。しかし、見知らぬ土地で見ると、なぜか禍々《まがまが》しく見えるから不思議だった。

劉覇は皇宮にいる皇帝のことも案じた。

公孫槐はこの国を支配するために、必ず皇帝から玉璽《ぎょくじ》を奪い、禅譲を迫るはずだからだ。あの男は決してこの国を諦《あきら》めはしない。

劉覇はしばしの休憩の後、眠ることなく再び馬を叱咤《しった》した。

そして荒涼とした地を、昼夜を問わず駆け続けること二日。

左右を崖《がけ》に挟まれた細い道を通ったときだった。空気が静謐《せいひつ》になり、音が消えた。鳥の鳴き声も、森のざわめきも一瞬、聞こえなくなった。落陽が山の端に隠れ、最後の燦《きら》めきが消えると闇が世界を支配した。

嫌な予感とともに、頭上から殭屍が降ってきた。崖の上に隠れ、劉覇たちを奇襲したのだ。

「落ち着け、十体しかいない」

こちらは千の屈強の兵士がいる。

しかし、殭屍たちはすばやく兵士に噛《か》みつき、どんどん仲間にしていく。のたうち回る味方の兵士がしばらく動かなくなったかと思うと、むくりと動物のように四本足で起き上がり、赤い眼を向ける。むき出しの牙《きば》が光り、蒼白《そうはく》の顔はまさに飢えた獣のものだ。それが地を蹴《け》って軍列に飛び込めば、兵士たちは混乱に陥った。

「ぐあああ」

言葉とは思えぬ奇声を上げて、殭屍たちは兵士たちに襲いかかり、更に仲間を増やす。劉覇はその繁殖力の高さに舌打ちするも、銀剣を握り直すと、殭屍の首をすっぱりと斬り落とした。

灰と化した殭屍。

その粉が風に攫《さら》われて山の端に消える。

劉覇は平静な気持ちで殭屍となった仲間を見る。以前は、殭屍といえど、仲間を斬るのは躊躇《ちゅうちょ》していた。しかし、木蘭と出会い、その思いを捨てた。

劉覇には守らなければならない人がいる。

部下の兵士たちとて同じ。家族や大切な人のためならば、命を捧《ささ》げても惜しくないと言う者ばかりだ。今更、殭屍として生き残り、残虐を極めたいとは思っていない。

皆、正義のために志願し、ここに集まっているのだ。

「すまぬ」

劉覇は剣を構え、両手を上げて襲って来る殭屍と化した仲間の首を一思いに斜めに斬り落とす。傾く月が、転がった頭部を怪しく照らして影を作った。形あったものは、やがて灰となり、天と地の狭間《はざま》を舞って消えた。

「ご無事ですか」

晋武官が劉覇に駆け寄った。

「無事だ。現状は？」

「二十人ほどがやられました」

「殺された者の形見を集めたら、すぐに発《た》とう」

「御意」

劉覇は、公孫槐に見張られているような気がした。

やつは腕も立つが頭もいい。

少ない数で多数に打ち勝つには左右を絶壁に挟まれた谷間など絶好の機会だ。公孫槐は兵法に通じている。

「どこにいるのでしょうか。憎たらしい奴です」

晋武官が苦々しそうに拳《こぶし》を握る。

「これは単なる挨拶《あいさつ》にすぎない」

公孫槐の狙いは長安の皇帝だ。こんな場所で多くの殭屍を無駄死にさせないだろう。

劉覇は懐の報告書を確認した。公孫槐の髪と帛書《はくしょ》の燃え残りがある。

「とどまることは危険だ。出発しよう」

劉覇は馬の背に乗り、あわい月明かりを頼りに山道を下る。山さえ下れば、あとは一本道だ。夜道を駆けるのに、北辰《ほくしん》を頼りに行けばいい。長安はすぐそこ。劉覇たちは寝ずにさらに駆けた。

劉覇は長く血を飲んでいない。馬上で居眠りをする部下の様子を気遣い、全軍の指揮を執ると疲れが出た。それでも、ついてきてくれる兵士たちの苦労を知っているだけに疲れた顔一つ見せまいとした。

「朝です、殿下」

晋武官が東の空を指さした。

夜がゆっくりと消え去り、太陽が赤く大地を焦がし始めた。安堵《あんど》で劉覇は胸をなで下ろす。これでしばし、殭屍に襲われる恐怖から逃れられると、全身から力が抜ける。

「あれは――」

目をこらすと、長安へと続く長い一本道を漆黒の斗篷《マント》の裾《すそ》を翻した騎馬が朝日を背にこちらに近づいて来るのが見えた。

劉覇は息を呑《の》んだ。

遠くからでも美しい黒馬は皇帝の駿馬《しゅんめ》の金烏《きんう》で間違いない。

ならば、その乗り手は皇帝一番のお気に入りの――。

「木蘭！」

劉覇は声を上げ、馬に鞭打つ。

「木蘭！」

「劉覇さま！」

彼女の顔は寒さで青く、唇が紫色だった。馬上から手を伸ばし、冷たい頬を温めようと馬をよせてみると、木蘭はぴくりと身を縮めたが、すぐに元来の勝ち気で正義感の溢《あふ》れる視線で劉覇を見て背筋を正す。

「お会いできてよかったです！」

「どうしてこんなところにいるのだ。ここは危険だ」

「大変なのです」

「なにが大変なのだ、木蘭」

彼女は馬の手綱を捌《さば》きながら、駒《こま》を劉覇の馬に並べた。

「都では臣下たちが劉覇さまの不正を訴えているのです」

「不正？　後宮の？」

「それだけではありません。土地の不正取得、専売の鉄や塩から得た不正な利益。他にもいろいろです」

劉覇は笑った。

「それについては皇帝陛下がよくご存じだ。問題はない」

しかし、木蘭は瞳《ひとみ》に悲しみを隠さずに首を振る。

「長安ではおかしなことが起こっているのです。次々に人々が劉覇さまを告発しています」

「それは一体どういう……」

劉覇は当惑した。

「東宮詹事は、劉覇さまに流用した金で土地を買って転売するように命じられたと言い、太子宮の宦官《かんがん》は専売の塩で儲《もう》けた金の分け前をもらっていたと告発しました。ある郡太守は劉覇さまのために三万両もの金を献上したと訴えています。それが、すべて劉覇さまが重用してきた者たちで、皆が調査の過程で劉覇さまを訴えているのです」

劉覇は顔を青くした。太子宮で働く者だけでなく、出入りの商人や付き合いのある官吏までさまざまな人が劉覇の悪を訴えていると木蘭は言う。

「父上は？　皇帝陛下はなんと仰せだ」

9

劉覇の問いに木蘭が、落ち着いた声音で答えた。

「心配いらぬとおっしゃってはいましたが、朝議で王廷尉が連れてきた証人を恐ろしい顔で見下ろしておいででした」

「王廷尉だと？」

「はい。王充依の兄君の王廷尉です」

劉覇は馬から下りると木蘭の下馬を助けて木の下で彼女の前に立つ。寝ずに駆けてきたのだろうか、目の下に隈《くま》がある。

「一人で来たのか」

「途中まで、葉宦官と一緒でした」

「葉宦官？」

「葉英という天禄閣の宦官で、阿監のわたしを助けてくれている方です。心配して一緒に来てくださったのですが……」

「騎馬は得意ではなかったか」

木蘭は苦笑する。天馬とも言われる皇帝の馬に乗った木蘭を追いかけるのは、難しいだろう。

「待ってはいられないので、後ほど落ち合うことにしてわたしだけ先に来たのです」

「一本道でよかった。入れ違いになっていたら大変なことだった。金烏に乗ってきたということは、皇帝陛下は木蘭が俺のところに来るのはご存じなのか」

「はい。できるだけ、朝議を長引かせ捕縛の手を遅らせるから、劉覇に時を与えよとのご命令です」

劉覇は焦る気持ちを抑えるために木の下を歩きだし、腕組みをする。

——時間稼ぎをするということは、陛下はそれ以上のことはできないということだ。

不正くらいで皇太子の劉覇が重い刑を受けることはあるまい。だが、謹慎、廃太子などは行われる可能性があるし、尋問されることは考えられる。不利な証拠になり得るものは処分すべきだ。羌音さえ捕まらなければ、太子宮の隠し部屋にある帳簿類は回収できる。

「木蘭、頼みがある」

「なんでもおっしゃってください。そのために来ました」

「羌音とは別行動をしているが、あいつが長安の城門を越えられない時は、助けてくれないか」

「もちろんです。羌宦官は劉覇さまの右腕。あらゆることを知っています。拷問などされたら大変です」

　白いものも黒くするのが、廷尉の仕事だ。王廷尉が、羌音を捕まえたら、嘘の供述を得るまで拷問し、生きて牢《ろう》から出すことはないだろう。

「羌宦官は？」

「明日の朝までには長安の西門を潜るだろう」

「分かりました。その前に必ず見つけます」

　木蘭は賢く美しい瞳で頷《うなず》いた。一点の曇りもなく彼を信用し、自分で命じたくせに不正の告発には知らぬ顔の皇帝を説き伏せて、長安で起きていることを知らせに来てくれた。

「木蘭、ありがとう。助かった」

「大丈夫でしょうか」

「俺は潔白だ。それは皇帝陛下もご存じのことだから案ずることはない」

　劉覇はそう言うと木蘭の腰を引き寄せ、自分の腕にすっぽりと収まるきゃしゃな体から温かさを感じた。

「木蘭……」

「皆が見ています」

　兵士たちは馬を休めているが、見られていてもよかった。

「かまわない」

木蘭の澄み切った瞳に見上げられ、劉覇は自分のために息を切らして知らせにきてくれた人の額に口づけをした。うなじをそっと撫《な》で、その熱と鼓動を感じるだけで、半殭屍《キョンシー》の彼は血を感じてのどが渇く。それは情欲にも似ていて、劉覇は木蘭の肩に頭をもたせかけ、長い吐息をつく。

「ずっと木蘭のことばかり考えていた。阿監の仕事は大丈夫か」

「はい。なんとか。陛下もお力添えしてくださいます」

「今は頼れるのは陛下だけだ。難しい方だが、ご命令に背かずにお仕えしてくれ」

「はい……」

劉覇は木蘭をもっと抱きしめる。

「木蘭、俺のことでもし捕らえられるようなことがあれば、包み隠さずなんでも知っていることは話すんだ。隠し立てしても意味はない」

「わたしのことは大丈夫です。陛下がお守りくださるとおっしゃっていました」

木蘭は劉覇と婚約しているとはいえ、結婚はまだだ。罪に連座することはないだろう。尋問などは皇帝が阻止してくれるのを願うしかない。

「俺は天を仰げぬようなことはなにもしていない。だからなにも恐れてはいない。調べられ、有罪が確定したとしても最悪、廃太子だ。俺は皇太子の座にこだわってはいないから、恐れることはなにもないよ、木蘭」

「ええ、劉覇さま」

木蘭は劉覇の背中に手を回す。

「俺には君さえいればいい……」

「わたしもです……」

木蘭の背の向こうで土埃《つちぼこり》が立ち上がっているのが見えた。騎兵の部隊がこちらに近づいているのだ。目的はおそらく劉覇の捕縛。木蘭をここにおいておいてはならない。

「晋武官」

劉覇は木蘭を抱きしめたまま、忠実なる男を呼んだ。

「お呼びでしょうか、殿下」

少し遠いところで、晋武官が拱手《きょうしゅ》する。深く頭を下げるのは、未来の太子妃の顔を凝視しないためだ。慎み深く礼儀にかなっている。

「すまないが、不測の事態が生じた。副官である李《り》武官に兵を預け、お前は木蘭の護衛に回って欲しい。また、羌音を王廷尉の手に落ちぬように長安内に潜伏させてくれ」

「御意」

木蘭が劉覇を見上げる。

「劉覇さま」

「誣《ぶ》告《こく》など心配ない、木蘭」

劉覇は懐から井邑での殭屍に関する調査の報告書を取り出し彼女に手渡す。

「皇帝陛下にこれを渡してくれ。殭屍が再び漢に現れた」

「必ずお渡しします」

「頼んだぞ」

おそらく、劉覇の周りの人間は皆、捕らえられているだろう。

尋問を受ければ、誰でも求められた嘘を真実だと証言する。

拷問や肉刑は禁じられているのにもかかわらず、未《いま》だに取り調べに用いられているからだ。

「無理はするな。陛下に逆らってもいけない」

「陛下は劉覇さまの味方です」

劉覇は悲しく微笑んだ。

皇帝は冷酷な君主だ。国のために必要とあれば息子さえも切り捨てるだろう。しかし、それを木蘭に理解してもらえるかわからなかった。

「皇太子殿下」

馬《ば》蹄《てい》の音が近づいていた。

晋武官がもどかしそうに劉覇を見、木蘭の出発を促した。

「木蘭」

彼は木蘭に口づけをすると、回していた腕を解放し、晋武官の方へと背を押した。

「行け、木蘭」

木蘭の瞳《ひとみ》に迷いはない。いい瞳だ。

「どうかご無事で」

彼女は騎乗の人となる。そして一度だけ、こちらを振り返り、長安からの捕縛隊から身を隠すため西へと去って行った。

代わりに騎馬隊のまき散らす砂埃が、劉覇の前に到達し、大きなイボが右頬にある男が無礼にも馬上から拱手する。

「皇太子殿下、ご同行願いたい」

劉覇は暗雲立ちこめる長安の方角を見た。

10

翌朝早くに着いた木蘭と晋武官は長安の西門の前に半日いた。

なかなか繁華な場所で、都にやってくる人々のために土産物やら、食べ物やらが売られる露店がある。塵《ちり》が舞って煩わしいが、城壁の外なので文句は言えない。

　兵士に怪しまれると嫌だった木蘭たちは、露店を借り受け、そこで商売しているふりをして、午後にははぐれていた葉宦官《かんがん》を捕まえることができた。

「黎阿監さま」

「しっ」

　木蘭は役人がいる門の列から葉宦官を引っ張り、客引きのように露店まで連れて行くと、声を潜める。

「劉覇さまが捕まったんです」

「存じております。途中の村から連れて行かれる殿下を見ました。しかし、黎阿監さまはここでなにを？　私たちは通行手形があるので、問題なく都に戻れます」

「羌宦官を保護するように頼まれたんです。どうやら、羌宦官は劉覇さまと別行動していてなにがあったのか知らないようなので」

　葉宦官は頷く。

「馬車を用意しましょう。できるだけ立派な馬車を。こちらの武官も皇太子殿下に関わりがあるのなら、手配されている可能性があります。阿監さまのお乗りものに隠れて宮殿に戻るしかありません」

「そうですね」

　髭《ひげ》を蓄えた屈強の武官である晋継が言った。

「それでは阿監さまにご迷惑をかけることになるのではないか」

「そんなこと気にしないでください。それよりわたしは晋武官が捕まる方が心配です」

　葉宦官に木蘭は巾着《きんちゃく》を渡す。多めの金は持ってきた。

「馬車をお願いします。そして女物を二着に剃刀《かみそり》も」

「二着ですか」

「羌宦官にはもうしわけないけど、見つけ次第、女装してもらいます。背丈もわたしと変わらないし、丸顔でしょう。女の子に見えなくもない」

　そうこうしているうちに、なんの警戒もなく羌音が馬車を御しながらやって来た。証人の少年を送るため、荷を載せていた予備の馬車を使っていたのだ。乗り物はこれで調達しなくてすんだ。葉宦官はにやりとすると、馬車の目の前に立ちはだかって止める。木蘭が声をかけた。

「羌宦官」

「黎阿監さまではありませんか」

　羌音は驚いて目を丸める。こんなところに木蘭がいるのはおかしな話であるので、悪い話があるのだろうと見当をつけ、問う目をする。木蘭は頷《うなず》いて見せ、長安で劉覇に何があったのかを説明した。

「もうしわけないのだけど、羌宦官には女装してもらいたいんです」

羌音はやや不満そうに口を開きかけたが、言葉を発する前に閉じた。

「晋武官は、顎鬚《あごひげ》を剃《そ》って口髭だけにして、少府の役人ということにしましょう。建章宮の虎園から君命で御馬を連れてきたという設定ではどうですか」

「名案です」

何年もかかって蓄えた髭を晋継はそり、羌音は白粉《おしろい》と紅を顔に塗った。厳《いか》つい文官と化粧の厚い女官ができあがったが、細かいことは気にすまい。木蘭も女官らしい絹の衣に着替える。

「行きましょう」

三人は馬車に乗り、葉宦官が手綱を取る。木蘭は自分の懐にあった扇を羌音に手渡す。

「これで顔を隠してください」

木蘭は緊張した。心臓が口から出てしまいそうだ。ゆっくりと門を通り過ぎようとして「待て」と馬車は当然、門兵に止められる。帷《とばり》の隙間から外を窺《うかが》えば、似顔絵を片手に一人一人の顔を確認する門兵たちの姿があった。

「私たちを探しているようですね」

羌音が言い、晋武官も同意した。

「王廷尉は我らを捕まえて皇太子殿下を追い詰めたいのです」

「でも、王廷尉だって皇帝陛下が不正の背後にいたことに気づいていないはずはないですよね？」

「もちろんです。王廷尉の目的は王充依の皇后冊立です。皇太子殿下の罪を曖昧《あいまい》にする代わりに皇后の座を自分のものにするつもりなのではありませんか」

木蘭は羌音の説明に顎に手を当てた。

「陛下はそういう脅しを嫌う方だわ」

「王充依には強気に出る以外には手はないので手段を選んではいられないのです」

そうかもしれないと木蘭は思った。

皇帝の王充依への信頼は沈娙娥のそれよりずっと低い。

皇帝が劉覇の身を案じて、王充依に皇后の座を渡したとしよう。王充依には広陵王という息子がいるから、必ず劉覇を廃し殺そうと動くはずだ。皇帝は愚かではない。そんなことをすれば、国が乱れることをわかっている。国と劉覇のために王廷尉とは交渉せず、皇后冊立を突っぱねるしかないのだ。

「しっ」

晋継が言った。

「馬車の中を改める！」

断固とした声で門兵が言った。それを馭者《ぎよしや》役の葉宦官があざ笑った。

「この馬車は黎阿監の馬車ですよ。後宮の女官の馬車を覗《のぞ》こうというのですか」

「これは決まりだ。誰が乗っているかは必ず確認する。そうでなければ通さぬ」

「阿監さまは建章宮の虎園から御馬を連れて来られた帰りです。馬がその証拠です。後宮の女官はみな陛下の女人なのに、その顔を見ようなどと恐れ知らずとはあなたのような人のことですよ」

馬車に繋《つな》がれた立派な馬、金烏を葉宦官は指さす。

匈奴の将軍が乗っていたという名馬は、毛並みも見るからに違うだけでなく、鞍《くら》も立派で持ち主が皇帝以外に考えられないことは明らかだった。しかし、厳命を受けている門兵は引かなかった。

「確認しなければ、こちらが罪に問われる」

木蘭はこれ以上粘れば怪しまれると思った。

「かまわないわ」

帷をめくった。

下級武官の門兵は木蘭と目があって瞠目《どうもく》すると、すぐに赤面して顔を伏せた。しかし、責務は忘れてはいない。

「ご同乗者はどなたですか」

「わたし付きの女官と少府の楊《よう》文官です」

木蘭は白い指先で通行手形を見せる。男は震える手でそれを受け取り、ろくに確認もせずに返した。そしてもう一度だけ、木蘭をちらりと見て、目が合うと再びすぐに下げた。

「どうぞお通りください」

馬車は動き出し、木蘭は帷を下げ、胸をなで下ろした。羌音が憮然《ぶぜん》と言った。

「あの武官、木蘭さまを見て真っ赤になって声も震えていましたよ」

「女官を見たことがないのよ、きっと」

「いいえ。『美人』を見たことがないのですよ、あんな下級小役人は」

「美人？」

「無自覚なのですか、黎阿監。皇太子殿下が嫉妬《しっと》をするわけです」

木蘭は姉の秋菊《しゅうぎく》が美人と評判だったため、よく比べられ、美しいと評されたことは一度もなかった。だから、自分の容姿には自信がなかった。

「木蘭さまは、ここ一年でずいぶんお美しくなられました」

「褒めてくれたってなんにも出ませんよ」

「本当です。皇太子殿下が黎阿監を美しくさせているのかと思っていました」

今度は木蘭の方が赤くなる番だった。

劉覇といると、彼に見合う女にならなければと木蘭は思う。

眉《まゆ》の形を工夫したり、仕草に気をつけたり、所作の美しい彼を見習ったり。努力が少しでも実っているのなら嬉《うれ》しかった。

「これからどこに行くつもりですか」

無駄口に加わっていなかった晋武官が話題を変えた。

「もちろん、皇宮です」

「では、私は長安の中で身を隠します。これ以上のご迷惑はおかけできません」

木蘭は考えた。たしかにそうだ。晋武官を皇宮に入れるのは危険だった。後宮に匿《かくま》うわけにいかないからだ。

「そうですね。どこか隠れる場所はありますか」

「東市《とうし》の中に知り合いの商人がいます。西域の品を扱っている有名な店で、そこに隠れます」

「晋武官、もしかして広場の前の店ですか？　その店ならわたしも知っています。連絡は葉宦官《かんがん》に頼みましょう。天禄閣はその店から書物を仕入れていますから、怪しまれません」

「それがよろしいでしょう。私は長安の街で殭屍《キョンシー》たちを密《ひそ》かに抹殺している裏部隊長と合流します」

「近いうちに皇宮の様子をお知らせします。どうかお気をつけて」

馬車を止め、晋武官は馬車から飛び降りると人混みに消えて行った。

宮門はすぐそこだった。

木蘭は皇宮へと続く高い門を睨《にら》んだ。

11

木蘭は羌音を椒房殿にある阿監の私室に隠すことにした。

後宮には王充依がいるとしても、彼女が暮らすのは掖庭殿である。椒房殿は今は皇后の代理である木蘭の管轄で、皇帝が絶対の権限を与えてくれているので、王廷尉の手が回ることはまずない。

「お世話をおかけします」

布団を手渡された羌音は頭を下げる。女官服に着替えた木蘭は、急いで釵《かんざし》を挿しながら鏡越しに羌音を見た。

「外には出ないでくださいね」

「承知しております」

「衛詩にお世話を頼んであるので安心してください。わたしはしばらく玉堂に宿直して陛下にお仕えすることにするので、この部屋はお一人で使ってください」

衛詩が木蘭の後ろで腰をかがめて挨拶《あいさつ》する。

「衛詩です」

「よろしく、衛詩さん」

羌音は高位の宦官にもかかわらず親しみのこもった目で衛詩を見た。

「じゃ、わたしは皇帝陛下に拝謁を賜ってきますね。劉覇さまのことがなにか聞けるかもしれませんし、劉覇さまが調べた報告書をお渡ししたいので」

「お気をつけて」

木蘭は敷居を跨《また》いで部屋を出た。

すると、冷たい風が木蘭の短い髪を撫《な》でて通り過ぎて行った。秋も深くなり、風が冷たい夕暮れは寒い夜を予感させる。上着が必要だろうかと思っていると、衛詩が秋らしい黄色の上着を持って追いかけてきた。

「木蘭姉さん」

「気が利くわね。ありがとう」

衛詩は上着を木蘭の肩に掛けながら遠慮がちに言う。

「話を聞いて欲しいって言ったのを覚えている？」

木蘭はあっと思い出した。

「ごめんなさい、この前はいろいろあって、すっかり忘れてしまって……」

「それは全然、いいのだけど、あたし……」

衛詩は口ごもる。

どんな話なのだろうか。

口ぶりでは時間がかかりそうな様子だ。

木蘭は歩きながら、話を聞こうかと思ったが、階段を葉宦官が上って来たので話は中断した。

「阿監、玉堂に行くなら、私もお供させてください」

「それは心強いわ」

「では参りましょう」

木蘭はなにかを訴える目をしている衛詩を見返した。

「今度、ちゃんと話を聞くわ。約束する」

衛詩は頷《うなず》いた。彼女も簡単な話ではなく、ゆっくりと人のいないところで話したい様子なので、それがいいと木蘭は思った。二人は衛詩を残して玉堂へと急ぐ。

「黎阿監、班女官は執務室で阿監の仕事を代わってくれております。胡仁は天禄閣に手伝いに出しました」

大股《おおまた》で歩く葉宦官は報告する。

「忙しい班女官の手伝いをさせなくていいんですか？」

「胡仁を信用するのはまだ早いです」

葉宦官は胡仁が好きではないようだった。

とはいえ、天禄閣から唯一の人手である葉宦官を連れてきてしまったので、身の回りの世話や掃除する者もなく東郭研は困っているだろう。誰か代わりを送るのはいい考えではあった。反対する理由はない。

木蘭は玉堂を前に衿《えり》を正した。

「陛下」

皇帝は執務室にはおらず、自室にいた。体調が悪いと江中常侍に入り口で聞いたが、どうやら劉覇の処罰を訴える奏上から逃れるために仮病を使っているようだ。

「木蘭か。帰ったのか」

「はい」

皇帝は長椅子で書物を読んでいたのを止めて、彼女を手招きした。拝礼をすると、木蘭の頭に手を置き、ポンポンと叩《たた》く。

「ごくろうであった」

木蘭は劉覇から預かった報告書を跪《ひざまず》いたまま掲げて皇帝に渡す。髭《ひげ》を弄《もてあそ》びながら、片手でそれを受け取った皇帝は、神妙な顔で読んでいたが、帛書《はくしょ》の燃え残りを見ると眉を寄せた。

「雲久がの」

大鴻臚の名が出て心の深い部分で怒っているのが木蘭にもわかる。

「関わりがあるのでしょうか」

「雲久は信用ならぬ男だ。仕事ができるゆえに重用してきたが、出世欲が強く、今の地位に甘んじてはいない人物だろう」

木蘭はずっと心配していたことを訊《たず》ねた。

「劉覇さまの取り調べはどれほどかかりますか」

「三日はかかるだろうが、心配いらぬ。太子宮で行われている」

「殭屍の対策に遅れがでないでしょうか。劉覇さまもそれを心配していました」

「劉覇が別の者を責任者に指名したと聞いた。その者に一任させている」

晋武官の副官の李武官。役職は——衛士丞《じょう》だ。地位が少し低いとはいえ、劉覇は信頼している。

「失礼します」

そこへ伊良亜が玉の盆に水晶の杯に入った葡萄《ぶどう》酒をのせて現れた。木蘭を見て驚いた顔をする。帰って来ていたのを知らなかったのだろう。石のように固まった。

「やっと持って来たか。早う、ここへ置け」

皇帝は上機嫌に円卓を叩く。しかし、木蘭は目を吊《つ》り上げた。

「お酒をご所望になったのですか。飲んではいけないとあれほど申し上げたのに」

「せっかく伊良亜が持って来てくれたのに、飲まなければ悪いではないか」

杯を円卓に置いた伊良亜を木蘭は睨み、皇帝が手に取ろうとした杯を取り上げる。

「陛下、だめです。太医《たいい》もだめだと言っていたではありませんか」

「少しだけだ。ほんの少しだけ。胃を満たすほどではない」

「だめです」

皇帝はようやく回復したばかり。酒が万病の元であるのは間違いない。また酒浸りになって、おかしな方士を重用し、国を乱されてはたまらない。劉覇からもよく言われている。木蘭は断固として杯を返さなかった。

「では、わたしにください。馬に乗って長安郊外まで行って帰って来たところで喉《のど》がからからです」

「一杯くらいよかろうに」

皇帝は杯を奪い返す。

「ではお毒味を、陛下」

「そう言って全部飲む気であろう」

皇帝はうな垂れたが、木蘭をねぎらう気持ちはあるようだ。仕方なさそうに杯を木蘭に渡した。

「感謝します、陛下」

木蘭は一気にぐぐぐと葡萄酒を飲んだ。酒に強い方ではない。ぐらりと頭が揺れ、そして胃が燃えるように熱くなった。

——何かがおかしい。

皇帝の前で吐き気を催すことなどあってはならないのに、胃からこみ上げて来るものを抑えることができない。手で口を覆った。

「木蘭！」

皇帝が叫び、自分が吐き出しているものが血だと初めて木蘭は気づいた。手のひらを凝視する。赤黒い血が大量に白い絹の手巾《しゅきん》を染めていた。

——まさか……毒？

「太医を呼べ！　すぐにだ！」

皇帝の怒鳴る声が遠くに聞こえ、盆を抱きしめる伊良亜の真っ青な顔が自分を冷たく見下ろしているのを木蘭は薄れる視界の中で捕らえた。

12

木蘭の体は石のように硬く重かった。

全身のみならず、胃の腑《ふ》に鈍い痛みがあった。

――ここはどこ？

ずっと寝ていたいのに、目覚めなければならない気がして木蘭は瞼《まぶた》を広げる。白く曇った世界が、ゆっくりと色づき、黄金の帷《とばり》が風に揺らめいているのが見えた。漆黒の天井には仙界が描かれ、仙女が衣を翻して空を飛んでいる。

――ここはどこ？　わたしは死んだの？

木蘭は身を起こそうとした。すると誰かの手とぶつかり、寝台にうつぶすように寝ている人を見つける。

「伊良亜、起きて」

「木蘭姉さん」

しかし、顔を上げたのは伊良亜ではなく衛詩だった。彼女は大きな隈《くま》を目の下につくって髪もぼさぼさの酷《ひど》い顔で、泣き笑いをした。

「よかった。気づいたんですね！」

木蘭はあたりを見回す。

「ここはどこ？」

「陛下の寝台です」

「陛下の？」

木蘭は今一度、起き上がろうとしたが、体に力が入らず、再び枕に頭を落とすしかなかった。頭が割れそうな痛みに耐えるため再び目を強く瞑《つぶ》る。

「黎阿監さまがお目覚めです！　誰か！」

衛詩が叫ぶ声が耳に入る。目を開け、視界がようやくはっきりして来ると、皇帝のお気に入りの香炉が帷の向こうに見え、ここがたしかに皇帝の寝所であることを木蘭は理解した。そして葡萄酒を飲んで倒れたことを思い出した。

「おお、木蘭！」

皇帝が、白い寝衣のまま片手に水をもって走って来た。窓からは光が眩《まぶ》しいくらいに差し込んでいるというのに、皇帝は髷《まげ》も結っていなかった。

「陛下。髪を結わねばなりません」

木蘭が言うと、老人は寝台の隅に座り額に手を当てて熱を測る。

「なにを言うておる。馬鹿者、心配かけおって」

「わたし……」

「毒が葡萄酒の中に入っていたのだ。そなたは生死の境をさまよったのだ。朕の髪などどうでもよい」

皇帝は、そこに入って来た太医の背を押して木蘭の脈を診させる。じっとしているのがもどかしそうに、寝台の前を行ったり来たりしている。

「どうだ」

「しばし、お待ちを」

太医は木蘭の瞳《ひとみ》の中を覗《のぞ》き込み、そしてほっと息をつく。

「もう心配ありません。しばらく休息の必要はありますが、黎阿監は健康な女子です。すぐに回復するでしょう」

「それは良かった」

皇帝は、自ら木蘭に水を飲ませる。

「そんなことは伊良亜にさせればよろしいのに」

木蘭がそう言うと、部屋の空気が凍り付いた。よく見れば、親友の顔がない。皇帝の顔も険しくなったが、すぐに優しい笑顔になった。

「朕がしたくてしているのだ。娘だと思っておるし、劉覇にもよく頼まれている」

木蘭は大切なことを思い出した。取り調べはどうなったのだろうか。

「劉覇さまは、劉覇さまは、どうなりましたか」

今がいつで、あれから幾日経ったのかさえ、木蘭には分からなかった。なにかあったのだろうか。皇帝は木蘭を枕に戻すと頭を撫《な》でる。

「今しばらく休むとよい。すべては朕に任せておけばよい」

「でも、ここは陛下の御寝所です。自室に戻らなければなりません」

「そなたはもうここで三日三晩も寝ている。心配ない。玉堂には山ほど寝所はある。朕が移ればいいことだ」

「でも……」

「眠れ、木蘭。命令だ。そなたには休息が必要だ」

木蘭はそれでも起き上がらなければならないと思った。しかし、どうしても体がいうことをきいてはくれなかった。それどころか、再び深い眠りが彼女を呼んでいた。引き込まれるように眠りの底に落ち、暗闇を這《は》うように夢の中で歩けば、闇の真ん中にぽつんと伊良亜が立っていた。

『もうしわけありません、木蘭さま』

『なにを詫《わ》びるの？』

『すべてをです』

もっと訊《たず》ねようと近づくと彼女は煙のように消えた。代わりに柱に張り付けられている劉覇がぐったりとしている。

『木蘭、助けてくれ』

『劉覇さま』

衣は破け、顔は土気色。腕には青あざがある。

木蘭ははっとする。

『もしや、血を飲んでいないのですか』

『…………』

『いつからですか』

『……もう十日になる……助けてくれ、木蘭。頼む……助けてくれ』

劉覇は毎日は血を飲まなくても生きていけるが、十日ともなれば飢えているはずだ。

木蘭は彼に近づき、その頬に手を差し伸べた。冷たい皮膚は硬く、殭屍《キョンシー》特有の死臭がした。

『劉覇さま……』

どうしたらいいのだろうかと、彼の手を取った時、木蘭は現実を思い出す。

――これは夢よ。早く起きなくては。

木蘭は真っ暗になった世界をさまよい、必死に目覚めようとした。闇をかき分け、暗黒から這い出ようと己を励ます。重い瞼を開ければ、そこはまたしても闇。ただし、部屋の隅に明かりが一つ灯《とも》っていた。朱色の柱が明かりに照らされ、銀でできた龍《りゅう》の建具を不気味に浮かび上がらせる。

「誰か」

木蘭はなんとか起き上がると、部屋の隅で船を漕《こ》いでいた班女官を見つける。

「班女官」

「黎阿監」

班女官はすぐに気づいて寝台の前に跪《ひざまず》いた。

「ご無事でなによりです。お加減はいかがですか」

「わたしは大丈夫です」

「太医を呼んできます」

「待ってください。それより——劉覇さまはどうなったのですか？」

班女官が暗い顔になる。

木蘭は彼女の手を取った。

「教えてください、お願いです」

班女官は言っていいものかと悩んで口をしばらく噤《つぐ》んでいた。皇帝から口止めされているのだろうか。それでも彼女は木蘭の手を両手でしっかりと握り返すと悲しげに言葉を発した。

「……伊良亜です」

「伊良亜？」

「伊良亜が、皇帝陛下に毒を盛ったのです」

「え？　待ってください、どういうことですか」

「しかも毒を盛るように指示したのは、皇太子殿下だったと証言したのです。それで、殿下は暗殺を謀った疑いで投獄されました」

「……そんな」

木蘭は絶句する。

あり得ない。

伊良亜が劉覇が皇帝を殺すように命じたと証言するなど、そんなことあるわけがなかった。木蘭は動揺を隠せなかった。

「待ってください。もしかして伊良亜は拷問されたんですか？　だからそんなことを言ってしまったんですか」

「いいえ。捕らえられてすぐにそう証言したのです。拷問が理由ではありません」

「信じられない……そんなの、信じられない……」

伊良亜は親友だ。劉覇とも親しくしていたはず。当惑して、木蘭は両手を握り締める。急に背中が寒く感じて身を震わせた。

「……伊良亜は友人です……なんかの間違いじゃ……」

木蘭は咳《せ》き込んだ。体を動かすたびに全身に刺すような痛みが走る。班女官が背中をさすってくれ、気づけば口を押さえた手から血が零《こぼ》れていた。しかし、寝てはいられない。

「わたしはあれからどれくらい眠ったのですか？」

「この前起きてから、一晩経っています。もうすぐ朝です」

「劉覇さまが助けを求める夢を見たんです」

「皇帝陛下が孫御史大夫さまに調査をお命じになられました。孫御史大夫さまは皇帝陛下に忠実で公正な方。きっと大丈夫です」

「でも捕らえているのは王廷尉なのでしょう。王充依を皇后にしようとしている勢力が関わっているはずです」

廷尉は刑罰と司法を掌《つかさど》る役職だ。

劉覇を殺そうと思えば、尋問中に殺してしまうことさえできるのだ。

「きっと劉覇さまは、わたしの助けを待っています」

木蘭は気力で寝台から起き上がる。ふらつき、寝台の柱を摑《つか》んで身を支える。歩ける体力はまだ戻っていないのを感じて悔しくてならなかった。

「せめて毒を中和させる薬を飲んでください、阿監」

班女官は椅子に座った木蘭に苦い薬を飲ませる。

「こんなことを黎阿監に言っていいのか分かりませんが、毒を飲んだのが陛下でなくて良かったです。高齢で体が弱っている陛下ならひとたまりもなかったと太医は言っておりました」

「ええ、それは本当にそうです。陛下が飲んでなにかあったのなら、劉覇さまもこの世の方ではなかったでしょう」

木蘭は咳き込みながらも懸命に苦い薬をさらに飲む。これを飲まなければ、動くこともできない。

「伊良亜がわたしが禁じている葡萄《ぶどう》酒を皇帝陛下にお出ししているところからしておかしかったのに、気づかなかったのはわたしの落ち度です……」

「仕方ありませんわ、阿監さま。伊良亜はあなたの大切な友だったのですから」

班女官が木蘭の口を手巾《しゅきん》で拭《ぬぐ》ってくれた。木蘭は薬の入った椀《わん》を卓の上に置く。

「誰かが伊良亜を操ったにちがいありません。そうでなくては、伊良亜がわたしを裏切るはずないもの。そうでしょう？　班女官」

朝日が半分開いた戸から差し込んできた。

木蘭は立ち上がる。

「黎阿監さま、どちらに？」

「湯浴みをします。陛下にこんな格好でお会いできないですから」

「しかし……まだ体の具合が悪いのです。寝ていた方がよろしいのでは……」

「劉覇さまにも会わねばなりません」

木蘭は戸を大きく開けた。

王朝が誇る未央宮前殿の高い階段と、前庭が見えた。外気は冷たく、朝の静謐《せいひつ》な匂いがする。木蘭は長い階段を足早に駆け下りた。

13

風呂《ふろ》に入ると、木蘭は少し気持ちが落ち着いた。

体はまだ本調子ではないが、赤い衣に黒の上着を重ねる正装をする。紐《ひも》が垂れた冠を頭に戴《いただ》き、翡翠《ひすい》の笏《しゃく》を持てば、立派な阿監だ。ただ男の官服と違うのは、唇に鮮やかな紅を差し、指にいくつも銀の指輪をつけていることだ。劉覇からもらった紅玉の耳飾りを垂らす。

「陛下がお目覚めになったようです」

班女官が知らせてくれた。

足早に向かう。皇帝はまだ着替えておらず、顔を洗っているところだったが、木蘭を気遣って人払いしてくれた。

「もう起きて大丈夫なのか」

「はい。長い間、陛下の寝所をお借りして申し訳ありませんでした」

「それはかまわぬが……」

　皇帝は顔を拭《ふ》くと木蘭を案じて、椅子に座らせる。

「劉覇のことは心配ない。朕が見殺しにはせぬ」

「劉覇さまは長い間血を飲んでいないはずです。血をお届けしなければ、獄中で弱ってしまいます」

「うむ」

　皇帝もそのことは案じていただろう。ただ、劉覇自身が自分が半殭屍《キョンシー》であることを隠しているので、血を差し入れたら周囲に気づかれると思って様子を見ていたようだった。木蘭は拱手《きょうしゅ》して跪いた。

「公孫槐が長安に向かったという調査を劉覇さまはされました。雲大鴻臚が関わりがある疑いもあります。劉覇さま不在の間に、殭屍により陛下になにかあると大変です。劉覇さまに会い、指示を仰ぎたく存じます」

　皇帝はこの巨大な国家を長きにわたり治めていた君主で、若き頃は賢君と称された人物である。公孫槐の狙いは劉覇ではなく、自分やこの国にあるのは分かっている。難しい顔をし、こめかみを指で押しながら、低い声で言った。

「劉覇を罠《わな》に嵌《は》めたやり方が公孫槐の手口のように思えてならない。殭屍が関わっていると見るのはたしかに自然だ。雲久は切れ者とはいえ、大それたことを一人で企てられる人物ではない」

「はい」

「木蘭、この件に関わるすべての者をあぶりだせ。しからば、劉覇を助ける術《すべ》が見つかるだろう」

「御意」

皇帝は壁に掛かっていた剣を取った。

「それは――」

劉覇の銀の剣だった。

「殭屍討伐の権限を皇太子が留守の間、木蘭に授ける」

木蘭は驚きに瞳《ひとみ》を揺らす。

「できるな、木蘭」

木蘭は銀剣を見つめた。そして大きく息を吸ってから答えた。

「はい。陛下。決して陛下の期待を裏切りません」

「皇宮内でこの剣を帯びることを許す。劉覇の不在の間、殭屍に関わるいっさいを任せる。期待しておるぞ、木蘭」

木蘭は剣を両手で受け取ると、御前を辞した。剣を帯びながら歩けば、背筋が伸びる思いがする。入り口で待っていた班女官に牛の血を竹の水筒に入れてきてくれるように頼む。そしてあたりを見回し、武官を見つけると、晋武官の部下の李武官を呼び出すように言う。やがて生真面目そうな男が現れ、木蘭に一礼すると、彼女はその袖《そで》を摑んで柱の陰に引っ張る。

「李武官ですね？　無事でなによりです」

「はい。今のところ、私に関わる不正は見つけられていないようです。特に王廷尉派に見張られている様子もありません」

「よかった。陛下の警備をさらに厚くしてください。とても心配なんです」

「護衛の人数を増やしましょう。晋衛士令から連絡はありましたか」

李武官が声を潜める。木蘭は首を横に振った。

「わたしが倒れてしまい連絡はついていません。今日中には確認します」

「金や武器が必要かもしれません。連絡がついたら教えてください」

「もちろんです」

街で殭屍が増えれば、それこそ大変なことになる。木蘭は、軽く頭を下げると階段を下り始めた。劉覇の状況が案じられる。幾日も寝込んでいた自分が恨めしい。宦《かん》官《がん》が息を切らして追いかけて来た。

「黎阿監、大丈夫ですか」

「ええ。なんとか」

「太子宮の者は残らず捕らえられたようです」

「ええ？」

「その中の幾人かが、拷問に耐えかねて、ありもしない嘘を供述したとのことです」

「ありもしない嘘とはなんですか？」

葉宦官は言いづらそうに顔を下げ、吐き捨てるように言った。

「伊良亜と皇太子殿下が通じていたと言うのです」

木蘭は絶句した。苦々しげに葉宦官は続ける。

「もちろん、嘘です。しかし、複数の証言があり、王廷尉は真実であると決定したとのことです。なにしろ伊良亜が使いで太子宮に出入りしていたのは事実です。殿下が皇帝陛下を殺そうとしたという疑いは、徐々に真実として固められています」

木蘭は天を仰いだ。どんな理由があって伊良亜はこんなことをしたのだろうか。天に問うが答えは返っては来ない。

「劉覇さまは、常に天を崇《あが》め、民を愛し、皇帝陛下を敬ってきたわ。こんなことで死んだりしない」

「もちろんです、黎阿監」

「いつ、沙汰《さた》が決まるか聞きましたか？」

「今日の朝議で決まるかと思われます」

皇帝は劉覇を守りきれるだろうか。

――考えたってしかたないわ。

木蘭は心の中で首を横に振った。

用意されていた馬車に葉宦官とともに乗り込み、皇宮内にあるという貴人のための牢獄《ろうごく》、『宮獄』へ急ぐ。貴人のためとは、特別豪華という意味ではなく、単に他の囚人から隔離されているだけの地下牢だ。

馬車は政治の中心部である未央宮前殿を通りすぎ、役所街を南に下った。

皇帝の使いを示す鈴の音が鳴り、珍しげに下級官吏たちが頭を馬車に下げたが、木蘭は体と心にくすぶる苦しみに耐えるため、目を瞑《つぶ》ったままだった。劉覇の剣が腰にあることだけが救いだ。心の支えを求めてつい柄《つか》を握り締めた。

「お通ししかねる」

『宮獄』と物々しい文字で書かれた門の前に立った時、木蘭の行く手は門番の槍《やり》によって阻まれた。

皇帝の命令だ。当然、面会が許されると思っていたというのに、木蘭が到着すると、勅書がないという理由で、門の前で悶着《もんちゃく》になった。

「誰との面談も許さぬとの王廷尉の命令です。しかも、そちらは勅書がない。どうして本当に陛下のご命令と証明するのですか」

「阿監のわたしが君命を偽るとでも？　陛下が、皇太子殿下の様子を見て参れとおっしゃったのです。皇宮で乗り物に乗ることまで許してくださっています。このまま玉堂に戻り、勅書を持って戻って来てもわたしはかまいませんが、その時、あなたは陛下のご命令に背いた咎《とが》に問われますよ」

木蘭は負けじと脅した。

阿監となって日は浅いが、阿監がどれだけ権力を持っているかは感じ取っている。皇后の側近であり、皇帝の手足。皇后が不在の現在、皇后の代理でもある。

小役人を恐れることはない。

手には男と同様の笏《しゃく》さえあるのだ。木蘭は一歩も引かなかった。その態度に、結局、王廷尉の留守もあって、しぶしぶ役人の方が折れて宮獄内に通されることとなったが、差し入れも葉宦官の同行も禁じられた。

「無礼にもほどがあるわ」

木蘭はさらに交渉しようと身を乗り出すも、葉宦官がなだめる。

「黎阿監さま、今なら王廷尉が朝議で留守ですが、帰って来たらややこしくなります。留守のうちにお会いした方がいいです」

木蘭は同意するしかなく、門を一人憮然《ぶぜん》と潜った。

大きな鉄の戸が開かれると、木蘭は一度、躊躇《ちゅうちょ》した。内部は昼でも明かりが必要なほど薄暗く、風が不気味な音を立てて階段の下から駆け上がって来ていた。

一度入ったら、生きては出られぬ冥府《めいふ》の入り口という評判通りの様子で、ここで無残に死んで行った人々の怨念《おんねん》が悲鳴となって聞こえてきそうだった。

「どうぞ」

木蘭は勇気を出して一歩を踏み出した。

獄吏の後ろをついて幽暗とした階段を下り、冷たい空気に背筋が凍る。ぽつん、ぽつんと水が天井から滴る音がする以外は、全く音がしなかった。鉄の格子が並び、広々とした房は皆、空になっており、一番奥の光も差さない場所に劉覇がいた。

「劉覇さま……」

彼は藁《わら》の敷かれた房の隅に座り、強く目を瞑っていた。

「劉覇さま」

鍵《かぎ》が開く音がして、初めて彼は目を開けた。白濁とした力のない目だ。食事は置かれているが、一切手をつけてはいない。毒を恐れているのかもしれない。

「劉覇さま」

「木蘭？」

彼はようやく木蘭に気がついた。

「お会いしたかった」

近づき、木蘭は彼の前にしゃがんだ。劉覇は足を痛めているのか、立ち上がることができなかった。見れば、顔も腫《は》れ上がり、爪が剝《は》がされている。

「ああ、なんてこと……」

彼は木蘭の肩を両手で押した。

「こんなところに来てはならない。俺に関わりがあると知られれば、誰もが牢に入れられる」

木蘭は懸命に首を横に振る。

「陛下がお守りくださっているので、わたしは大丈夫です」

皇帝の毒を代わりに飲んだのは木蘭だ。謀反の罪で捕らえることは不可能である。

「毒を飲んだと聞いたが、体はどうなのだ。心配で夜も眠れなかった」

彼は黒ずんだ手で木蘭の頰を撫《な》でた。

「わたしは大丈夫です。太医が解毒をしてくれました。それより、本当にごめんなさい、劉覇さま。伊良亜がこんな裏切りをするなんて思わなくて……」

木蘭は申し訳なくて涙が出てきた。木蘭の友人ということで、劉覇は伊良亜に良くしてくれたというのに、それを裏切る結果となってしまった。

「なんてお詫《わ》びを言っていいのか……」

涙がはらはら零《こぼ》れ落ちる。

劉覇が力なく微笑み、木蘭の頬をつたった涙の粒を指ですくう。

「木蘭のせいではない。すべては俺の落ち度だ」

「そんなことありません」

劉覇は木蘭を胸に抱いた。

「本当だ。木蘭のせいではない。俺は伊良亜を以前から疑っていた」

木蘭は驚き、顔を上げる。

「それはどういう――」

劉覇は悲しげな瞳《ひとみ》をした。それは木蘭への同情だ。利用されたのは、木蘭で劉覇ではないという眼差《まなざ》しだった。

「伊良亜は、春頃からしばしば密《ひそ》かに宮殿を出てどこかに出かけていた。外部との文のやりとりも頻繁で、俺の間諜《かんちょう》が怪しみ報告した」

「それは誰とのやりとりですか？」

劉覇は自嘲《じちょう》的に笑った。

「捜査は打ち切らせた」

「どうしてですか」

「それ以上、探れば、皇帝陛下が気づく。そうなれば、伊良亜は殺されると思ったのだ。皇帝は玉堂で働く者に外部との接触を禁じている。陛下の日常が漏れるのをさけるためにね」

「劉覇さま……」

木蘭は言葉を継げなかった。劉覇が伊良亜を助けなければ、彼はこんなところにいなかったというのに、木蘭に冷たい言葉を掛けたりしない。すまなさに自分が恥ずかしくてならない。

「俺は代わりに、伊良亜を楼蘭に帰国させようと手配を急いだ」

「それであんなに急だったのですね」

「ああ。無理にも伊良亜を帰国させるように羌音に言うべきだったのだ。しかし、殭《キョン》屍《シー》の件で長安を発《た》たなければならなくなってそうできなかった。結果、伊良亜に暗殺の機会を与え、木蘭の命を危険にさらしてしまった。詫びなければならないのは俺の方だ……」

劉覇が咳《せ》き込んだ。

ぜいぜいと肩で息をする。

血に飢えているのだ。目が赤くなり、鈍い光を放つ。劉覇は、それを隠すために袖《そで》で顔を覆い、木蘭から身を離した。

「木蘭、もう帰れ。ここにいてはならない」

「申し訳ありません。牛の血を持ってきたのですが、入り口で取り上げられてしまったんです」

「俺は平気だ」

　とてもそう見えなかった。

　ずいぶん顔も体も痩《や》せたように見える。本来の彼なら、半殭屍であるので怪我などすぐに治るというのに、治りが悪いのは飢えているせいに違いなかった。

「劉覇さま……」

　劉覇の視線に気づいた木蘭は衣の衿《えり》を緩めて、惜しげもなく首筋を男の前に晒《さら》した。

「木蘭、なにを……」

「どうか、わたしの血をお飲みください」

「なにを言っているのか分かっているのか」

　劉覇は戸惑い、彼女から距離を取る。しかし、木蘭は劉覇にさらに近づいた。その顔には毅然《きぜん》とした意思があった。

「どうか、お飲みください」

「君はわかっていないのだ。吸血という行為がどれだけ魅惑的かということを……一度飲んだら、忘れられなくなる……」

　木蘭は彼の両腕を掴《つか》んで胸の中から見上げる。

「お慕いしております。劉覇さまにならなにをされても厭《いと》いません」

「…………」

「この件には必ず殭屍が関わっています。殭屍の狙いは皇帝陛下で、劉覇さまはその切り札です。牢でなにかあれば、劉覇さまは汚名をすすぐことができないばかりか、玉体にもなにかあるやもしれません」

木蘭は苦悩する劉覇の目をまっすぐに見た。

「国の大事です。迷っている時はないのではありませんか」

劉覇がやさしい目で微笑んだ。国の大事など、今はどうでもいいと言うように。

「木蘭は知っているんだろう？」

「なにをですか」

「俺がどれだけ、君の血をすすることを望み、ずっと耐えて来たか――」

木蘭は答えなかった。

しかし、もちろん、彼女は知っていた。

劉覇の視線はいつも木蘭の白い首筋にあり、彼女を求めていた。白い首筋に浮かぶ青い血管がどくどくと音を立てるたびに欲情して唇も体もすべて欲していたことに気づかぬはずはない。

「後悔したくはありません」

再び二人は見《まみ》えることはないかもしれない。

木蘭は劉覇にすべてを与えたかった。身も心も血も、魂さえも。

「血を吸えば、一度きりにはできない」

「かまいません。劉覇さま」

「木蘭……」

彼は葛藤《かっとう》していた。血を吸うことで人間として大切なものを失ってしまうのではないか。木蘭を傷つけてしまうのではないか。吸わなければ皇帝陛下が危険に晒されるのではないか。あるいは、純粋に木蘭の血をすすりたいという殭屍の欲望に負けていいのかどうか——。

14

木蘭は劉覇を押し倒した。

「木蘭……」

劉覇に馬乗りになった木蘭は、腕を摑んで放さない。

「お嫌かもしれませんが、これしかもう方法がないのです、劉覇さま……」

「嫌など……」

劉覇の瞳には、戸惑いが感じられる。血に飢えているだろうに、自分のことより木蘭を気遣ってくれている。それを感じるからこそ、木蘭は劉覇に自分の血を飲んで貰《もら》わなければならないと、劉覇の腕を握る手に力を込める。彼はいっそう当惑した瞳を左右に揺らした。

「婚礼はまだですが、わたしは劉覇さまの妻だと思っています。妻が夫に身を捧《ささ》げてはいけないのでしょうか」

「木蘭……俺は……しかし……」

木蘭は劉覇から目を離さず、まっすぐに見据えたまま言う。

「わたしの我が儘《まま》です。でも、ずっとずっと劉覇さまと一緒にいたいんです……だから、だから……飲んでください……」

劉覇が息を呑《の》む音がした。

「我が儘などではない」

彼は身を起こし、木蘭を抱き寄せた。

「断じて木蘭の我が儘などではない」

劉覇の声は低く牢獄《ろうごく》に響いた。しんと静まり返り、二人の間に沈黙ができる。

「心からお慕いしています。劉覇さまと生きたいんです」

彼は抱きしめていた手の力を緩め、木蘭の頬を指先で撫《な》でた。彼女はその感触に目を瞑《つぶ》る。羞恥心《しゅうちしん》も焦りも収まり、少し呼吸ができるようになる。目を開ければ、劉覇の顔が穏やかなものに戻っていた。

「本当にいいのか？　後悔はしないか」

「後悔はしません。ただし、お約束ください。わたし以外からは血は飲まないと」

劉覇は木蘭の額に口づけした。

「約束する。生涯、君以外の血は決して口にしない。妻も君だけだ」

永久の約束にもうなにも案じるものはなくなった。木蘭は紅潮する自分の顔を両手で覆って照れを隠す。

「顔を見せてくれ、木蘭」

「恥ずかしいからだめです……」

「恥ずかしがる必要はないよ」

彼は愛する人のむき出しの肩を甘嚙《あまが》みし、彼女の背に手を添える。

木蘭は首筋から背中にかけての素肌が劉覇に見られていると考えただけで、恥ずかしくて、亀のように首をすくめ、そっと指の間から彼を見る。

「心配するな。半殭屍の俺に嚙まれても殭屍にはならない」

劉覇は首元に鋭い牙《きば》を立てた。木蘭は身じろぎして痛みに耐える。血を吸われることに恐怖がないわけではなかった。劉覇の袖を思わずぎゅっと摑んで耐える。

「大好きです、劉覇さま」

「木蘭……俺もだよ」

彼は彼女の血を吸った。

血が首から背に垂れ、生温《ぬる》かった。

劉覇は己を止めることができないのだろう。貪欲《どんよく》に血を吸われ、木蘭の意識が遠のき始めた。しかし、止めて欲しいとは言いたくなかった。劉覇の渇きを満たしたい、その思いの方が自分の体のことより大事に木蘭には思われたのだ。

「劉覇さま……」

震えた声で限界を告げた時、劉覇は我を取り戻した。彼女がぼんやりする視線を向けると、申し訳なさそうな瞳《ひとみ》になり、彼女のそそけた髪を撫でながら接吻《せっぷん》する。

「すまない、痛かったか」

「わたしの血は美味《おい》しいですか」

「ああ……甘くて……優しくて……君の味がした……」

「よかった。よかったです」

木蘭は本当に嬉《うれ》しかった。

劉覇は首から背中へと滴《た》れた一筋の血を舐《な》めると、木蘭の肩に衣を掛ける。彼女は彼に抱きついたまま離れなかった。血の気が失せて顔色が悪く、足元がおぼつかないのを知られないようにするためだ。

「愛している、木蘭」

木蘭は目《め》尻《じり》を下げ、彼の顔を両手で包む。彼は愛《いと》しさに溢《あふ》れた瞳で彼女を見ると、自然、唇が重なり、長い時間が深く二人を繋《つな》いだ。体が熱くなるのを木蘭は感じて、手を伸ばせば、指と指が絡まり、心が一つになって満ち足りた温かな気持ちになった。

「木蘭……」

「大好きです……劉覇さま……」

しかし、別れの時は来る。そっと疲れた身を木蘭が起こすと、劉覇が練り絹の帯を結び直してくれた。血を失った細い体に阿監の官服は重かった。

「必ずまた会おう」

劉覇の瞳は生きたいと言っていた。

決して諦《あきら》めないとも。

木蘭はその瞳を見て、頬に零《こぼ》れる涙を袖《そで》で拭《ぬぐ》う。木蘭は決意に満ちた顔で言った。

「必ず事件の真相を探り、劉覇さまの無実の罪をはらします」

「信じている。木蘭、君もどうか無事でいてくれ」

劉覇が木蘭を抱きしめた。

「羌音が太子宮に隠してある帳簿類のありかを知っている。それを安全な場所に移すように言ってくれないか」

「はい。必ず」

「皇帝陛下のことを頼んだぞ。必ず宸襟《しんきん》を安んじて期待に応《こた》えてくれ」

木蘭は首肯し、劉覇を見つめ返した。

「劉覇さま、どうか、希望を捨てずにお待ちください。必ずお迎えに参ります」

木蘭は未練を断ち切るように美しい拱手《きょうしゅ》をすると牢を出た。すれ違ったのは、火箸《ひばし》やコテなど拷問具を運び込んでいる獄吏だ。これから過酷な尋問が行われるのだ。ぞっとして木蘭は振り返って劉覇を見るも、彼は優しい目で首を横に振った。

「木蘭、もう大丈夫だ。なにも心配はいらない。行くんだ」

木蘭は劉覇は強いと思った。と、同時に彼女は自分も少し強くなった気がした。そしてもっと強くならなければと思い、劉覇に頷《うなず》き返した。階段を駆け足で上る度に涙が零れそうだったけれど、木蘭は天を見上げることで、涙を堪《こら》えた。

第三章　賜　死

1

「大丈夫ですか、黎阿監」

　しばらく宮獄から出て来なかったのを案じていた葉宦官《かんがん》が、ふらつく木蘭を門の前で抱き留めた。

「ええ。なんとか」

　毒から回復したばかりの上、血を失い、体が言うことをきかない。抱えられるようにして馬車に乗り込むと、木蘭は葉宦官に言う。

「晋武官と連絡をとってくれませんか。劉覇さまは無事ですって伝えたいんです。皇帝陛下は劉覇さまの味方をしてくださっています。だから安心してください」

「わかりました。この足で行って来ます」

「あと羌宦官はどうしていますか」

「阿監の部屋に隠れています」

「太子宮に行かないといけないんです。羌宦官の助けが必要なので、しばらく二人で留守をしますが、帰ってきていなくても心配しないでください」

葉宦官は頷く。

木蘭は馬車を出すように言った。

劉覇には気づかれなかったが、体はひどく重く、頭痛がする。熱があるのかもしれない。噛まれた首元は腫《は》れ、ふらふらする。しかし、倒れている場合ではない。

木蘭は痛みに耐えると目を開く。無理に口角を上げ、優しい顔を作る。誰かに心配されたり、軽んじられたり、見下されたりしたくなかった。平常心を装い、ぴんと気を張り詰めていなければならない。

「羌宦官」

「阿監さま。よくぞご無事で」

椒房殿の入り口で、羌音を待っていると、衛詩から木蘭のことを聞いて生死をさまよったことは承知していた羌音は涙ながらに再会を喜んだ。

「はやく馬車の中に。太子宮に行きます」

「太子宮にですか？」

羌音は眉《まゆ》を寄せる。木蘭は「分かっている」と頷いて見せた。

「劉覇さまが隠している帳面などを取りに行かなければならないんです」

「黎阿監さま、どうやって中に入るのですか。兵士が証拠保全のために閉鎖しているはずです」

木蘭は少し考えた。羌音は馬車の帷《とばり》を上げて中に乗り込む。

「皇帝陛下の名を出すしかありません。劉覇さまの身の回りのものを牢に差し入れるように命じられたと言って、取りに来た顔をするんです。羌宦官は手配されている可能性がありますから、塀を越えてください」

「塀をですか……私は身体能力にはいささか自信がないのですが……」

「縄ばしごを用意してあるので、がんばってください」

「女装の方がよっぽどいいですよ……」

木蘭は、劉覇のことを案じている羌音に彼と会ったときの様子などを教えてあげたいと思ったが、とても話をする元気はなく、馬車の揺れに身を任すしかなかった。羌音も聞きたそうではあったが、いつもと様子の違う木蘭に無理を強いはしなかった。

「阿監さま」

馬車が太子宮近くで止められて、帷を上げれば、李武官だ。彼は下馬すると、木蘭に絹の手巾《しゅきん》を渡す。走り書きがあった。

「劉覇の賜死は五日後に決定」

木蘭ははっと息を止め、顔を上げた。達筆な筆跡には見覚えがある。

「これは陛下が？」

「はい。急ぎ、阿監さまにお知らせするようにとのことでした」

朝議が終わる鐘の音が未央宮前殿の方から聞こえた。木蘭の手が震えた。劉覇の死が決まったのだ。本人は罪を一切、認めてもいないのに、伊良亜の偽りの自白を決定的証拠とされたのだ。木蘭は手が震えた。あってはならないことが現実になってしまった。

木蘭は手巾を拳《こぶし》に硬く握った。

「わたしは誣告《ぶこく》などに負けません。あと五日もあるのなら、劉覇さまの潔白を証明することは不可能ではありません」

鼻をすすり、無理矢理笑顔を作る。「負けない」と心の中で呪文《じゅもん》のように唱える。勇気が少しだけ湧いてきた。だから、木蘭は声に出してもう一度言った。

「わたしは負けません！」

羌音が同意の目を上げる。

「そうですよ！」

「そのとおりです」

李武官も頷く。

木蘭は二人がいてくれてよかったと思った。

「では、皇太子殿下の私室でお会いしましょう」

羌音が馬車から飛び降り、高い太子宮の塀に鉤《かぎ》のついた縄を投げる。危なっかしいが、なんとか縄ばしごを伝って塀の反対側に消えた。

「太子宮に行くならお供しましょうか」

李武官はそう言ってくれたが、木蘭は皇帝の方が心配だ。劉覇の処罰が決まった今、本人がどう思っているかは知らないが、皇帝は片腕をもがれたようなものだ。この一連の誣告騒ぎには公孫槐の存在があると木蘭は思っている。標的である皇帝を李武官には守っていてもらいたかった。

「陛下をお願いします。劉覇さまがいない今、陛下の警護に隙ができるのを狙っている人物が必ずいます」

「そうですね。陛下は朝議からそろそろ玉堂にお帰りでしょう。警備に関してはお任せください。蟻の子一匹、玉堂には入り込ませません」

李武官が馬首を返し、木蘭の馬車は太子宮の前に止まった。

宮女の姿も、宦官も、護衛の武官の姿もなかった。

代わりに物々しく武装した廷尉府の武官たちが立っていた。木蘭は顎《あご》を上げる。負けまい。

「誰の出入りも許されておりません」

顔にイボがある武官は剣を片手に木蘭に言った。

「皇帝陛下のご命令で、皇太子殿下に身の回りのものをお届けするために来ました」

「皇太子殿下はいずれ廃されることでしょう」

木蘭は背筋を伸ばす。

「だから、皇帝陛下のご命令に背いてもいいと言うんですか。皇太子殿下はまだ廃されていないというのに？」

相手はたじろいだ。

木蘭は翡翠《ひすい》でできた笏《しゃく》で彼の構える剣を押す。

「わたしに無礼は許しません」

劉覇を救わなければならない。

木蘭は剣を持った年上の武官たちと渡り合うなど本当は怖かったが、皇帝の使いというはりぼての威厳を作った。

「皇帝の命です。背くのですか」

本人に確認をとっていないが、そう言う他ない。

木蘭は背丈の高い男の胸を笏でさらに押した。そしてまっすぐに見据えて目を離さない。

「背くのですか」

「…………」

武官は無言で木蘭を睨《にら》んだが、先に目を離したのは向こうだった。

木蘭は、顎を上げ堂々と太子宮の門を潜る。

前庭には、植えられたばかりの紫木蘭の苗が天を仰いでいた。劉覇が木蘭を妻に迎えるために植えたのだろう。白い布に『想妻樹』と書いてある。木蘭は温かな気持ちになった。

「劉覇さま……」

東側を見れば、改築中の建物がある。

木蘭の好みを聞いて太子妃のための建物を修繕させていた途中なのだ。彼の居場所に少しずつ、木蘭の痕跡《こんせき》が増えていた。部屋の中に入れば、木蘭の花を描いた屏風《びょうぶ》があり、彼女が下手ながら贈った刺繍《ししゅう》を施した袋などが、机の上に大事そうにある。

木蘭は彼の不在前に並べられた硯《すずり》と筆を撫《な》でる。ここで彼は木蘭への愛の文を書いていたのだろうか。

「阿監さま」

羌音がひょっこり顔を出し、屏風をどかす。鍵《かぎ》を持っており、花瓶の裏にある穴に鍵を入れ、部屋の隅にある青銅の燭台《しょくだい》を倒せば、壁が反転して隠し部屋が現れた。

棚に竹簡がうずたかく積まれている。

「羌宦官《かんがん》、これ全部を持って行くのは無理そうですね……」

「大事なものだけ選びます」

羌音は大きな袋を取り出すと、無造作に必要なものを投げ入れ始める。地方の税に関する報告書や、専売とされる塩、鉄に関わる書類。皇帝の間諜《かんちょう》の名前を記した名簿、太子宮の収支、そして劉覇の日記がその中に入れられた。

着替え、洗面道具、硯、筆、少なくない金《きん》が入っている螺鈿《らでん》の箱。それを無造作に同じく袋に詰めると、隠し部屋の戸を元に戻し、掃除をしていた下級宦官に馬車に運ぶように言った。羌音は再び壁を乗り越えるために消え、木蘭は阿監に相応《ふさわ》しい威厳のある態度で役人の前に立つ。

「どきなさい」

「中身を改めたい」

「あなたにそんな権限はないわ。文句があるなら玉堂で話しましょう」

木蘭はそのまま馬車に乗り込んだ。

だが、心臓は激しく鳴っていた。

武官の後ろにいた部下の手が剣の柄《つか》にあったのを見逃してはいなかったからだ。できるだけ急いで玉堂に戻らなければならない。ちょうど、雨がしとしとと降り出した。

灰色の空には、未央宮の甍《いらか》を圧するような低い雲が立ちこめている。

暗雲は、すぐに激しい雨を呼んだ。

馬車がゆっくりと止まり、背後から水たまりを誰かが走ってくる足音がした。馭者《ぎょしゃ》の悲鳴が聞こえたと思うとドサリと馬車から落ちる音がする。木蘭は帷《とばり》をめくった。

覆面をした黒衣の男が後ろから馭者に止《とど》めを刺すところだった。赤い血が、水たまりに広がり、馭者は動かなくなった。

――刺客!?

狙っているのは、劉覇の書類か、木蘭の命か、はたまた両方か――。

木蘭は目を鋭くすると、上着を脱ぎ、馬車を降りた。そして冠の紐《ひも》を縛り直す。

「わたしが相手になるわ」

雨が木蘭の頬を濡《ぬ》らし、赤い唇をさらに鮮やかに見せた。

銀の剣を抜き、剣を向ける刺客の激しい一撃を止める。木蘭はすぐに思った。

――漢人ではない。

武術がこの国のものではない。剣も反った作りの西域のものだ。木蘭は父に習った剣術の全てを忘れ、すぐに幼なじみの颯《そう》、今の匈奴の単于《ぜんう》から習った異国の武術に切り替える。実戦的で容赦のない武術だ。

木蘭の剣が男の腕をかすめた。

衣を斬って肉を割いたが、男はさして痛みを覚えなかった様子で、木蘭の頭上に剣を下ろす。それを十字の形で受け止め、腹を蹴《け》って後ろに逃げると、彼女は思った。

——人間だわ。高等な殭屍《キョンシー》とかではない。異国の男に間違いない。

銀の剣の効果がないとはそういうことだ。

「誰に頼まれたの⁉」

木蘭は軽やかに相手の懐に斬り込みながら叫んだ。男より短身で身軽であるがゆえにできることだ。刺客の剣を避け、宙を反転した木蘭が地面に着地すれば、男は舌打ちした。木蘭は自分から攻めた。

雨の中、衣がずしりと重くなり、身動きは鈍くなる。動くたびに髪に滴る雫《しずく》が、空の鈍い光を集めて銀色に飛んだ。

——武術に優れているけれど、この人は武人ではない。

それは木蘭の勘だった。武人であれば、もう少し動きが速く、実戦慣れして、型にとらわれない動きをする。

「こちらから攻めさせてもらうわ」

木蘭は少し強気になった。

左右を塀に囲まれた皇宮の道の真ん中で、剣を構える。

冷たい雨が視界を遮り、鼓動が大きな音で二人の間を隔てていた。

「いざ！」

剣と剣が高い音を立てて合わさった。

2

劉覇の剣を持っていることが木蘭は心強かった。

剣は軽く、主《あるじ》の言うことをよく聞いた。木蘭は連続する攻撃をかわし、背に壁がくると、今度は攻撃に転じる。

力で押しても男には負ける。

剣を動かしながら、同時に足技を掛け、右手首を打つ。剣が飛び、こちらに有利になった。

木蘭は、身をよじるように自分の体に合わない長剣を振るう。剣は刺客の喉元《のどもと》ギリギリを通りすぎる。空《くう》を斬る音がした。

とっさに男は後ろに飛び退《しさ》って逃げ、もう一歩踏み込んだ時、思いがけない早い切り替えで相手の腕が今度は自分の手首に当たる。

剣が大きな音を立てて転がった。

――この男、左利きだわ。

剣は右で握っていたが、剣を放すと左になる。

木蘭は気をつけなければと思った。回し蹴りで打ち込むも左手で返される。胸を狙った腕を摑《つか》まれ、地べたに叩《たた》きつけられかけた。

地を蹴って距離を取れば、騒ぎを聞きつけた衛士たちが集まって合図の角笛を吹いた。

まずいと悟った刺客は、それ以上、木蘭を襲うことなく、剣を拾うとそのまま高く飛び、塀の向こうに逃げた。

木蘭は息を切らしながら、崩れるように膝《ひざ》をつく。

逃がしたのは惜しいが、とても追う元気はなかった。咳《せ》き込み、気が遠くなる。

――倒れてはいられないわ。

塀を頼りに立ち上がったのは、もはや気力以外にない。衛士たちがわらわらと集まって来て、刺客を追うが、相手はなかなかの腕前で跳躍力がある。塀など簡単に飛び越えられた。

――刺客は異国人で左利き。

安息人《パルティア》である公孫槐が絡んでいるのは間違いないだろう。

書類の類《たぐ》いは馬車の中にあり、奪われずにすんだ。

「まあまあ、阿監さま、なんてこと！」

椒房殿の私室に向かった木蘭の濡れ、破れた衣、乱れた髪を見て、廊下にいた班女官が盥《たらい》を落として驚く。

「なんでもないです」

「なんでもないではありません！　早く横にならなければ」

木蘭は抱えられるように私室に向かったが、彼女たちは室内を見て思わず絶句した。

「これは……」

部屋が酷《ひど》く荒らされていたのだ。

机の引き出しがすべて開けられ、中のものが床に散らばっている。布団はめくられ、書棚の竹簡はひとつ残らず紐が解かれて開かれたまま放置されていた。

「なんていうことでしょう。ちょっと目を離した隙に……」

「盗《と》られたものはありますか」

班女官が木蘭の宝石箱を開ける。なかにはぎっしりと劉覇からもらった装飾品が詰まっていた。

「高価な装飾品には見向きもせず、書類だけを漁《あさ》っていった様子です」

木蘭は劉覇から預かった報告書をすでに皇帝に預けたことにほっとした。太子宮から運んで来た竹簡や帛書《はくしょ》もすぐに玉堂に持っていかなければならない。

「着替えを手伝ってくれませんか。皇帝陛下にお会いします」

「少し休まれたらいかがです。顔色がお悪いですわ」

「ここが安全とはいえないので、玉堂で休ませてもらおうと思います。班女官も一緒に行きましょう」

「は、はい」

班女官はすぐに衣を木蘭から脱がせ、打撲でできた赤い痣《あざ》を悲しげに撫《な》で、首もとに噛《か》み傷があるのをみつけてはっと手を止めた。

「これは……」

「虫刺されです」

班女官はしばし沈黙し、思うところがあったのだろうか、木蘭を強く抱きしめた。

「お強くなられました」

木蘭はなんと答えたらいいのかわからなかった。

ためらいがちにつぶやく。

「そうかもしれません……」

「皇太子殿下のためにもなんとしても無実を証明しなければいけませんね」

「はい……」

母ほど年のはなれた班女官の抱擁は、ずっと我慢していた木蘭の強がりと緊張を解き、ほっとさせてくれた。涙が出て、鼻をすする。しばし、班女官の肩を借りて休む。そうでなければ、いっぱいいっぱいになった心が破裂してしまいそうだった。ぽんぽんと背を叩いてくれる班女官の手が心地よかった。

「では行きましょう」

「私は荷物をまとめてから参ります。着替えなどが必要になりますから」

木蘭は頷《うなず》く。

「羌宦官《かんがん》は戻ってきていますか」

「はい。ご無事です」

「ここではなく、玉堂で匿《かくま》ってもらおうと思います」

「陛下はお許しくださるでしょうか」

木蘭は微笑んだ。

「陛下にはご相談しません。江中常侍は嫌がるかと思いますが、説得するのでご安心を」

木蘭は冠の紐《ひも》をしっかりと結ぶ。

そして一歩、自分の部屋から出れば、何事もなかったかのように静かな面持ちになり歩き出す。呼ばれて同行する羌音が、木蘭の様子に案じ顔になったが、訊《たず》ねはしなかった。

「伊良亜にも会わないといけないですね」
「伊良亜は、どんな責め苦にも皇太子殿下からの指示であったという証言を覆さないと葉宦官が言っていました」
「伊良亜はがんこなんです。長く官婢《かんぴ》として虐げられ、痛みには慣れっこで、辛抱強いんです……」

伊良亜はなぜ裏切ったのか――。

劉覇を誣告《ぶこく》し、皇后の座を狙う王一族と伊良亜にはなんの接点もない。

どちらかといえば、異民族の国を掌《つかさど》る職務である雲大鴻臚の方が楼蘭人の伊良亜とは共通点がある。刺客も西方の異族の武術を使っていた。雲大鴻臚は公孫槐と関わりがあることが証人により明らかなので、もしかすると伊良亜は公孫槐と関わりがあるのかもしれない。

つまり、皇帝毒殺未遂、皇太子投獄、皇后冊立は一つに繋《つな》がっていて、王一族と公孫槐が手を結んでいる――これはまだ仮定でしかない。証拠が必要だ。

「伊良亜が官婢であった時のことを知っている者を玉堂に呼んで、なにか伊良亜のことを知らないか聞いてみたらいかがですか。仲良くしていた者がいるかもしれません」

木蘭は尚衣の明《みん》女官と徐貝《じょばい》のことを思い出す。

詮索《せんさく》好きで人の持ち物もすべて調べずにはいられない二人ならなにか知っているか

もしれない。仲良くしていた人は大宛《フェルガナ》出身の宛《えん》ばあさんしか木蘭は知らなかった。

「ちょっといい？」

廊下で床を磨いている宮女に木蘭は声をかけた。

「使いを頼まれてくれない？　阿監が尚衣の明女官と徐宮女を玉堂に呼んでいるって伝えて欲しいの」

「かしこまりました」

「急いでね」

「はい」

膝を折ってお辞儀をすると、濡《ぬ》れた手を拭《ふ》くのも早々に宮女は尚衣の方へと走って行く。

「阿監さま」

黙って後ろにいた羌音が遠慮がちに声をかける。

「これは皇太子殿下にもご報告していないのですが——伊良亜には恋人がいるのではないかと思われます」

「恋人？」

木蘭は大きな目を丸くする。そんな話は聞いたことがない。

「伊良亜は女官です。男と通じたとなれば大事になります。巧みに隠していて、我らも調査できませんでした」

加えて劉覇が調査の打ち切りを命じたため、その話はそれっきりになったという。

「皇宮に出入りできる人物ってことですよね？」

「おそらく」

木蘭は建章宮で出会った尉吐李を思い出す。

あの異国の彫りの深い美男は、三十路《みそじ》の男しか持ち得ない大人の魅力に溢《あふ》れていた。二十代の半ばの伊良亜とは年回りも合う。

同国人ならば、言葉も習慣も同じ。故郷の話をすればすぐに打ち解けるだろう。王族の尉吐李は、皇帝に拝謁を賜るために玉堂に出入りして伊良亜とは顔を合わす機会もあったはずだ。

「尉吐李という人と建章宮で会ったのを覚えていますか？」

「楼蘭の王弟ですね？」

「あの時、伊良亜の様子が少し違ったように感じて……」

楼蘭がこの件に関わりがあるのだろうか。

木蘭は玉堂の前に立ち、荘厳な建物にひとつ息を吐く。

――伊良亜、どうして……。

木蘭は空に問うた。

3

「なにをしているのだ」

皇帝の寝台の下に劉覇の帳簿を隠す木蘭に、持ち主は迷惑そうに言う。

「大きな寝台なのですから、よろしいではありませんか」

「そなたほど、恐れ知らずでずうずうしい女は初めてだ」

皇帝はあきれ顔だが、だめだと言わずに、劉覇の帳簿をひとつ手に取って広げると、椅子に優雅に座る。そして視線を木蘭に向けないまま訊ねる。

「その首はどうした」

木蘭は首を手で押さえると、真っ赤になった。

「差し入れをするのを廷尉の部下が許さなかったのです……」

「朕の命令だと言ったか」

「はい。申しましたがダメでした」

「小役人め、朕を馬鹿にしおって！」

皇帝は几《つくえ》の上にあった硯《すずり》や筆おき、筆掛けなどを袖《そで》で床に払い捨てた。木蘭はすぐに頭を床につけ平伏する。

「劉覇の様子はどうであった」

「かなり弱っておいででした。拷問されているご様子です」

「……皇太子は高貴な身だ。拷問など許されぬ」

「おそらく、劉覇さまが隠した証人がどこにいるか明らかにするためでしょう」

「雲久を見たという者だな」

「はい」

皇帝は何度も几を拳《こぶし》で叩《たた》いた。

「無事なのであろうな」

「もちろんです」

「奴らは劉覇をじわじわとなぶって殺す気なのだ」

皇帝が手招きをする。そして木蘭の腕を取り、疲れた顔で木蘭を見る。しばらく無言になり、大きな吐息をしてから、うな垂れるように言った。

「劉覇の死罪を朝議で止められずに悪かった。王充依を皇后にするわけにはいかないのだ。五年前なら、こんなことはなかった……皆、朕に従い、誰もが朕を敬った……」

「陛下……」

「そなたは劉覇がただ一人愛した女で、永遠に我が娘だ。なにも案じることはない。朕が無力といえども、女一人庇《かば》うことくらいはまだできる」

「わたしのことなどいいのです。どうか、陛下。劉覇さまをお助けください」

皇帝は力なく首を縦に振り、無意識に木蘭の腕を摑《つか》む手に力が入る。

「朕は諦《あきら》めぬぞ」

「はい」

木蘭は唇をきゅっと結んだ。

「『我、死しても天に背かず』たしか、そなたの姉の言葉であったな」

「今がその時なのだ。朕は劉覇を助けるために力の限りを尽くそう」

「感謝します、陛下」

木蘭は羌音を玉堂で匿《かくま》っていることを正直に告げることにした。皇帝は格別反対はしなかった。そこに尚衣の二人が到着したことが知らされて、木蘭は御前を下がる。早く会って話を聞きたいと思う半面、知りたくないとも思って足取りは重たくなる。

廊下で迎えたのは、明女官と徐貝の二人。

「なんなりとお尋ねください、黎阿監さま」

礼をするともみ手で明女官が言う。相変わらず人に媚《こ》びるのは上手《うま》いと見え、愛想笑いが板についている。

徐貝もいつもの意地悪なつり上がった眉《まゆ》を下げ、神妙な顔で従順を装って跪《ひざまず》いている。

「伊良亜のことが知りたいの」

「伊良亜さまですか」

どういう腹づもりだと探るように明女官は下から木蘭の顔を窺《うかが》う。

「伊良亜は誰か外部の人間と親しくしてはいませんでしたか」

明女官は心当たりがなさそうだったが、除貝の目がはっと開いた。

「なにか知っているの？」

「なにやら、外部の人間が伊良亜に差し入れをしているのを見たことがあります」

「差し入れ？」

「食べ物や手紙です」

木蘭は胸がどきんと大きく鼓動するのを止められなかった。

「それは誰かわかる？」

「異国の人です」

除貝は珍しい異国の菓子を伊良亜から『貰《もら》った』ことがあるという。もちろん取り上げたのだろうが、指摘している場合ではない。菓子の説明を受けてもそれがどんな菓子なのか木蘭には想像もつかなかった。異国の菓子だ。

「その人物が尚衣に現れたことはある？」

「いいえ。いつも頼まれたという宦官《かんがん》が持って来ていました」

「よくあったことなの？」

「一年に一度、あっても半年に一度ほどで、思い出したように届きました」

木蘭は考え込む。

劉覇が調査したことはどうやら本当のようだ。では、どうやって相手を探せばいいというのか。

「黎阿監さま」

「うん？」

「伊良亜さまは官婢《かんぴ》だったころ、自室に時々落書きをしていました」

「落書き？　それがなにか？」

「異国人の名前のようでした」

木蘭は跪いている徐貝の視線に自分の目を合わせる。

「なんて書いてあった？」

「お許しください、私は字が得意ではないのです……」

木蘭は「衛詩」と部屋の外に控えている人を呼んだ。彼女はすぐに走って来て「お呼びでしょうか」と頭を下げる。

「上着を。尚衣に行くわ」

「かしこまりました」

衛詩は大急ぎで部屋を出て行った。木蘭は徐貝を立たせると、褒美の金を懐から出して明女官とひとつずつ渡す。尚衣での数年分の給金だ。笑みが止まらないという顔で二人は見合った。

「案内してください」

「は、はい」

衛詩が斗篷《マント》を持って来て、木蘭の肩に載せる。

雨はまだ降っていた。

明女官が傘を木蘭にさしかけ、徐貝が小走りについてくる。

濡《ぬ》れることなどどうでもよかった。

龍《りゅう》が彫られた青銅の大きな水瓶《みずがめ》に、ぽつん、ぽつんと大粒の雨が滴るのを聞きながら、それが自分の涙のような気がした。劉覇は今頃、どうしているだろうか。皇帝は忠実な配下である孫御史大夫を呼んでくれるはずだから、拷問は終わるはずだが……。

「黎阿監？　どうかされたのですか」

明女官の声で、木蘭は我に返った。

――劉覇さまなら大丈夫だわ。

信じているしかない。

雨の尚衣の門は、以前よりずっと小さく見えた。

初めて皇宮に忍び込んだ時、木蘭はここに回されてこき使われた。手が真っ赤になるまで洗い物をし、夜も寝かせてもらえなかった。今も同じようで、洗濯籠《かご》を持っていた若い宮女たちが、木蘭を見て跪く。

いい思い出はなにもない。それでも見知った顔があった。

彼女たちは一様に、木蘭に対して強い憧《あこが》れがあるようで、尚衣の宮女から阿監にまで出世した人を明るい眼差《まなざ》しで見つめている。木蘭は給金をしっかり払っていない負い目で声をかけることができずに、足早に案内の明女官の後ろを行く。

「こちらです」

ここでは木蘭と伊良亜は同室だったが、彼女の想い人の名が書かれた壁には気づかなかった。

木蘭は北向きの日当たりも風通しも悪い狭いなつかしの部屋の中に入った。

部屋は相変わらず暗く、中の様子はよく見えない。かび臭く湿気が多いのを肌で感じる。

今もここに三人が暮らしているようだ。ふとんが三組小上がりにあった。

「これです」

徐貝が、卓をどかした。

木蘭は身を屈《かが》めた。

「尉」

明かりが手渡されて、次の文字が浮かび上がった。

「吐」

木蘭は壁の汚れを拭《ぬぐ》った。

「李」

——尉吐李。やっぱりそうだったわ！

楼蘭の王弟の名前に木蘭は驚きはしなかった。少しずつ点が線になり、事実が明らかになっていくのを感じるだけだ。

——尉吐李についてももっと調べなければならないわ。

4

「調査のご報告をいたします」

翌日、木蘭が日が昇る前に目覚めると、葉宦官が朝食を卓に置いたところだった。

「食欲はないんです」

「こういうときほど食べなければ」

木蘭は起き上がると、仕方なく匙《さじ》で粥《かゆ》を混ぜた。

「晋武官と連絡がとれ、かなりの数の殭屍《キョンシー》が長安の街に出没しているということです」

「やっぱり」

「見つけ次第、抹殺しているようですが、どうやら無差別に見せかけて、重臣の家族を狙っている様子です。殭屍になった家族を隠している重臣も多いようです」

木蘭は合点した。

「だから、みんな劉覇さまの処罰に賛成し、皇帝陛下の発言を封じようとしたんだわ」

「ご推察の通りかと」

「尉吐李については調べてくれましたか」

「もちろんです」

葉宦官は円卓の椅子に座って木蘭と距離を縮めた。

「品行方正な人物というのが評判で、なんら怪しいところはないように思われましたが、楼蘭王の座を狙っているという噂がちらほらありました」

尉吐李と楼蘭王はあまり仲がよくないようだ。

楼蘭王は匈奴と親しく、この国との関係はあまりよくない。

尉吐李は皇帝の威光を頼みに楼蘭王となりたいと以前皇帝に願い出たが、皇帝は現在の楼蘭との関係をこれ以上悪化させたくなくてその願いを却下した。

木蘭は粥を食べ終わると立ち上がる。

「尚食に行ってきます」

「尚食に？」

「宛ばあさんという伊良亜と親しかった大宛の人がいるんです。その人に話を聞けるかもしれません。行って来ます」

「では私は引き続き、尉吐李について調べます」

「お願いします」

「もう一つ、重要な報告があります。皇太子殿下の拷問が陛下のご命令で禁じられました」

「本当に？　よかった。ひとまず安心です」

木蘭の血を飲んだから、劉覇は数日持つだろう。

木蘭は化粧もそこそこに部屋を出た。胡仁が木蘭の開けた戸に額をぶつけて驚いた顔をする。木蘭は眉《まゆ》を寄せる。

「どうしたの？」

「あ、いえ、お出かけならお供しようと……」

「尚食に行くの。馬車の用意を頼める？」

「はい。あの、お供は？」

「供はいいわ」

葉宦官《かんがん》が少年の後ろ姿を冷たい視線で見送った。

そして、なぜか、衛詩が、中庭でしゃがみ込んでいる。木蘭は葉宦官にささやいた。

「どうしたのかしら」

「ここのところ具合が悪いようです」

木蘭は心配になったが、あとで太医を呼ぶように言って尚食に急いだ。

――劉覇さまが賜死を受けるまであと四日……。


「阿監さま」

尚食で再会した宛ばあさんは、まるで皇帝にでも出会ったかのように木蘭を額《ぬか》ずいて迎えた。

「楽にして。昔なじみじゃない」

木蘭は腕を引いて異国から来た老女を立たせてやった。

どうやら宛ばあさんは伊良亜がなにをしたのか聞いて、累が及ぶのを恐れているようだった。なにも知らないを繰り返し、そのくせ、聞いていないことまでしゃべり出す始末だ。

「わかったわ。ありがとう。助かりました」

木蘭は老女を労《いたわ》り、背を撫《な》でてなだめてやらなければならなかった。手がかりになりそうなことはなにもなく、伊良亜の好きな相手のことも、そんな人がいたことさえも宛ばあさんは知らなかった。

木蘭は徒労に終わったことにがっかりした。ところが、その時、

「馬鹿野郎！」

罵声《ばせい》が厨房《ちゅうぼう》の方から聞こえた。酷《ひど》い罵《ののし》りで聞くに堪えないものがしばらく続く。尚食には荒っぽい料理人が多くいるとは聞いていたが、これほどとは思わず、眉を寄せると、宛ばあさんが俯《うつむ》き加減に呟《つぶや》いた。

「新しい料理人でございます」

そういえば、王充依が料理に不満で料理人を殺してしまったことを思い出す。新しい人が採用されたのだろうか。

「ずいぶん大きな声の人ね」

「折檻《せっかん》も酷く、参っております」

そう言ってから余分なことを言ってしまったと口をしっかりと結んだ宛ばあさん。それ以上はしゃべらなそうなので、尚食の宦官を呼ぶ。

「あのうるさい料理人は王充依のための人ですか」

宦官は最小限の言葉で答える。

「さようでございます」

「王充依の実家から来た者？」

宦官は警戒した。木蘭は微笑み、そんな必要はないといった風を装う。

「陛下が最近、料理にご不満なの。あれだけ怒鳴れるなら腕にも自信があるのでしょう？　わたしはいい料理人を探しているだけよ」

宦官はわずかに目を上げた。

「王廷尉が探し、楼蘭の王子が邸《やしき》の者を推薦したと聞いております」

木蘭は息を止める。

こんなところで王廷尉と尉吐李が繋がるとは思ってもいなかった。

二人に友好があるという証拠だ。家に出入りしていなければ、その家の料理人の善し悪しなど知りようもないし、信用していなければ推薦させるはずはない。

——理由をつけて王充依が料理人を殺したのは、きっと毒を恐れてのことだわ。

そう考えれば辻褄《つじつま》が合う。

自分たちが毒を使うから相手も同じだろうと考え、備えたのだ。

「許せない」

木蘭は拳《こぶし》を握る。

そこへ、椒房殿で待っているはずの胡仁が現れた。

「どうしたの？」

「葉宦官に知らせることがあれば、お手紙を届けに行こうと思いまして」

木片と筆を持っている。本当に胡仁はよく気が利く。

木蘭は料理人のことを文に書いて渡そうとしてふと手を止める。よく戸口のところでこそこそしていることを思い出したのだ。当たり障りのないことだけ書き胡仁に渡した。少年宦官は、一瞬、唇の端を上げてほくそ笑むと走って行った。

胡仁は気配りがあり、頭もよい。だが、葉宦官が言うように、たしかにどこか軽薄で、信用に足りないところがある。今の一瞬の笑みはなんだったのだろう。

思い返せば、劉覇が後宮の金を密《ひそ》かに横領していた件も、皇帝に報告する前に知られて告発に使われている。誰もが知り得るような不正だったとしても、時宜があまりにも一致しているのではないか。今も文をなぜ欲しがるのか。

――追及しても話すわけないわ。

ならば、一計を案じるほかない。

5

「なるほど、そうですか」

葉宦官と羌音に胡仁について話すと、二人とも木蘭の心配を杞憂《きゆう》とは言わなかった。

「なに、ご心配なく。二十叩《たた》きくらいすれば吐きますよ」

羌音が明るく言う。

「二十……」

宮女や宦官はよく罰に尻《しり》を叩かれる。寝かされたまま板で思い切り叩かれるのだ。羌音も見習いの時はよく叩かれたらしく、「今も尻に傷跡があるんです」などとあっけらかんと言うし、木蘭も尚衣で働いた時に罰で受けたことがある。

「それは少し可哀想ではありませんか」

木蘭は顔を引きつらせて言う。すると葉宦官が、

「ならば、どこか別の部署に異動させればいいのでは？　たとえば肥桶《こえおけ》を洗うところとか？　あれはキツくて臭くて惨めで死ぬほど辛《つら》く、一度入ったら生涯出られないので、一生をかけてじわりじわりと反省します」

これまた残酷なことを言う。

「胡仁が疑わしいと思ったのはわたしの勘で、なにか証拠があってのことではないんです。だから、拷問にかけたり罰したりするのは嫌なんです」

「ではいかがするのですか」

木蘭は前屈《かが》みになり、声を潜める。

「罠《わな》にかけるんです」

「罠」

「皇帝陛下はいつもその人が信用に足る人物か試します。同じことをしてみようと思います」

そういう技は好きではない。皇帝とて好きではないはずだ。君主として生きていく上で必要になり行うようになったのだ。

「もし王充依たちの間諜《かんちょう》ならどうするのです」

「逆に利用します」

「なるほど。名案です」

偽の情報が書かれた文を宦官《かんがん》に送り、それを胡仁に届けさせて向こうの情報を攪《かく》乱《らん》する。

「劉覇さまが隠し持っている秘密資金の一部を密かに椒房殿の蔵から出し、宮殿の外に運び出すと書くんです。必ず引っかかります」

「名案です。金の代わりに石でも載せましょう。だれかに誰何《すいか》されたのなら、胡仁は黒。それからはどうしますか」

「こちらにつかないのなら、百叩きでもわたしは許しません」

木蘭は自分の言葉に残酷な響きが加わったのを、悲しく思った。

劉覇を救うためならなんでもする。そう誓ってから、ただのお嬢さんから皇帝を支える未来の皇后へと変貌《へんぼう》を遂げなければならなかった。

明日でもいつかでもなく、今日、今この時、木蘭は変わらなくてはならない。

「慎重に行きましょう」

「はい」


使いから帰って来た胡仁を木蘭は玉堂の部屋に呼ぶ。

「この手紙を椒房殿にいる葉宦官に渡して来てくれない？」

「かしこまりました」

「重要な文だから急いでね」

「はい」

拱手《きょうしゅ》し、三歩後ろに下がってから胡仁は部屋を後にする。もし敵の間者でなかったら、もったいないほどできた少年だ。愚かな企《たくら》みに関わってしまったことで将来を台無しにするのが哀れだった。

「さて、どうなるでしょうか」

羌音が衝立《ついた》ての後ろから出て来る。

「見物だわ」

葉宦官は優秀だ。上手《うま》く騙《だま》すだろう。

それから一刻もすると、木蘭は宮女の衣に着替え、羌音とともに玉堂を出る。羌音も下級宦官に変装している。すでに夕暮れで、墨絵のように滲《にじ》んだ空の下、燃え尽きようとする太陽を追うように木蘭は椒房殿の門の陰に隠れる。

「来たわ」

荷車が驢馬《ろば》に引かれながら重そうに門を出てきた。傍《はた》から見れば、金が積まれているように見える。葉宦官が大げさに椒房殿の宦官を十人も付き添わせ物々しい。

「我らの敵は現れるでしょうか」

「おそらく」

木蘭たちはこっそりと跡をつける。

そして向こうから少府の役人が兵士たちを連れて小走りにやってくるのが見えた。

「待て！　荷を検《あらた》める！」

「どういう理由で調べるのですか。これは阿監さまの荷です」

暗に皇帝が背後にいることを匂わせるが、役人は葉宦官を突き飛ばし、

「なにをしている！　早く調べろ！」と怒鳴った。

「どうやら、胡仁は黒と決まったようですね」

羌音が声を潜めて言う。

「なんだ、これは！」

荷は石が入った箱だったので、役人は失望を隠すことなく、地団駄を踏んで悔しがった。木蘭と羌音はほくそ笑む。胡仁が間者であるとわかったというだけでなく、少府の役人の中にも王廷尉の手の者が含まれていることがわかったのだから一挙両得だった。

「いかがしますか」

「これからは、胡仁にはわたしたちに使われてもらいます」

「御意」

夜の帷《とばり》が下りた。

毎夜欠ける月が木蘭は恨めしかった。

劉覇の命はあと少し。時間は刻々と過ぎて行った。

そこに班女官が髪飾りを揺らして走って来た。

「た、大変ですわ」

「どうしたんですか」

「尚食の例の料理人が首を吊《つ》りました」

「ええ？」

木蘭は昼間行ったばかりの尚食の役所へと急ぐ。しかし、到着した時には、すでにすすり泣きとともに柩《ひつぎ》に入れられた遺体が運び出される所で、野次馬たちの間からそれをのぞき見ることしかできなかった。

「口を封じられましたね」

胡仁には気づかれなかったと思っていたが、木蘭が怪しんでいると報告が行ったのだ。だから料理人の口を塞《ふさ》いだ。

宛ばあさんの姿が見えたので、木蘭は話を聞こうと追いかけたが、関わりを恐れるように目をそらすと、人混みの中に消えていってしまった。木蘭は無理に追いはしなかった。

「料理人は保護すべきだったたわ。死なせてしまったのは、わたしの落ち度よ……」

「なにかを知っていたかもしれませんが、所詮《しょせん》は料理人。王廷尉の企みについて詳しく知っていたとは思えません。ただし、尉吐李が、料理人を推薦したという事実は消えないので、その点、悔いる必要はありません」

「ええ……」

自分のせいではないかと木蘭は自身を責めた。

宛ばあさんにも迷惑をかけてしまうかもしれない。

木蘭は唇を嚙《か》む。

血の味が口の中で広がり、ぐっと心の痛みに耐える。

やるせなさと、悔しさ、罪悪感で胸がいっぱいだった。こんな試練をなぜ自分だけが背負わなければならないのか。理不尽な天への悲鳴が木蘭の心をつらぬいていたけれど、声にはとてもならなかった。じっと耐えるしかない。

「黎阿監さま」

班女官が木蘭を気遣いながら言う。

「陛下が伊良亜への面会をお許しになりました」

「本当に？」

「強く王廷尉に命じてくださったのです」

「ありがたいわ」

言いづらそうに班女官はつけ加えた。

「陛下の具合が悪いのです。毒を恐れて最近ではなにも召し上がりません」

木蘭は劉覇に関する調査を引き続き行いたかったが、皇帝に倒れられても困る。今日はこれで打ち切りだ。伊良亜に会いに行くのも明日になる。

「班女官。お願いがあるのですが、尚食から生きた鶏と、米を貰《もら》って来てくれますか」

「はい」

なにを始めるのだと班女官が怪訝《けげん》な顔をした。

6

「なるほどなぁ、料理人が死んだか」

今日あったことを、木蘭が鶏肉《とりにく》を焼きながらかいつまんで話すと、皇帝はまだ半焼けなのに、串刺《くしざ》しの肉を食べようと手を伸ばして木蘭に叱られる。

「まだです、陛下」

「焼けているように見える」

「まだです。触らないでください」

「そなたの肉か」

「焼けたらお渡しするので、薪《まき》を焼《く》べるのをじゃましないでください」

場所は玉堂の前庭。

百官と相まみえるための大きな広場に皇帝を連れ出して、その真ん中で木蘭はたき火を始めたのだ。皆が一体なにを始めるのだと囁《ささや》き合う中、木蘭は皇帝を呼び、目の前で自ら生きた鶏を絞めて料理を始めた。料理と言っても猟で行うような男のものだ。ただ肉と塩さえあればいい。

皇帝も若い頃は猟などに出て、外で食事をしたことがあるようで、誘うと椅子だけ持って来るように葉宦官《かんがん》に言いつけて木蘭に嬉《うれ》しそうについてきた。

「ご飯は炊けたようです」

なべの蓋《ふた》がぐつぐつとあがったり下がったりしていたのが止まり、静かになった。

米のいい香りがする。料理人が作るように硬さは均等ではないが、混ぜて蒸してしまえばわからなくなる。

「美味《うま》そうだ」

毒殺を恐れて食が細くなっていた皇帝は、木蘭が毒味するのも待てない様子で、ただの白米をごちそうのように頬張った。

「美味い、美味い」

木蘭は自ら汲《く》んできた水を沸かした湯を椀《わん》に入れて皇帝に渡す。肉の香ばしい匂いがし、脂が滴《た》れてじゅうじゅうとするまで焼けば、この国の最も高貴な人がこんな食事に大喜びだ。

「そなたは常識にとらわれず、なかなかよい発想をしている」

「お褒めにあずかり光栄です」

「うむ。鶏肉をもっと寄こせ」

「はい、どうぞ。たくさんお召し上がりください」

目の前で木蘭が料理することで、毒殺の心配から解放された皇帝は、袖《そで》をまくると手羽肉を手づかみで食べる。木蘭も串焼きのもも肉を手に取った。

――よかったわ。お元気になられて。

劉覇から皇帝のことは頼まれている。なんとか劉覇が無事に戻るまで皇帝には元気で臣下たちを牽制《けんせい》して貰わなければならない。笑顔が戻ったのはなによりだ。木蘭は自然に微笑みが漏れた。同じことを思ったのだろう。皇帝も頬を緩める。

「よい笑みだ。そなたは笑っている方が似合う」

「ご心配をおかけしています」

「明日は伊良亜のところに行くのだろう？」

「はい。朝一に行って来ようと思います」

皇帝は骨を捨てながら、もう一つ取る。

「行っても無駄足だろう。刺客とは死を厭《いと》わぬ者しかなれぬ。文字通り生きたまま蒸して焼いても吐きはせぬ。人には死より恐ろしいものがあるのだ」

「わたしは伊良亜を姉のように思っていたんです。親友として家族としてできる限りのことをしたと思っていました。官婢《かんぴ》の身分から救い、後宮の上級女官にも推薦しました。それなのに、陛下を弑《しい》しようとした罪を劉覇さまになすりつけたなど、正直、未《いま》だに信じられません」

皇帝は肉を食べる手を止める。

『人の我に徳有る也、忘る可からざる也。吾《わ》が人に徳有る也、忘れざる可からざる也』意味はわかるか」

「人から受けた恩は忘れてはならないが、人に施した恩は忘れなければならない、という意味でしょうか」

「その通りだ、木蘭。伊良亜にあれをしてやった、これをしてやったと並べても、恩が恩で返ってくるとは限らない」

「わたしは恩は恩で返します。伊良亜だってそういう人だったはずです……もしかしたら、わたしが知らず知らずに言った言葉に傷ついて、こんな大きなことをしでかしたのかもしれません」

木蘭は爪先《つまさき》を見た。肩がやけに寒く感じて小さく縮める。

「木蘭、己の中に裏切りの理由を見つけようとしてはならぬ。悪は人の性《さが》で、生まれながらに人は利を好み、そなたのようなまっすぐな心を打ち砕くのだ」

木蘭は顔を上げた。

「そうかもしれません」

「耐えるのだ、木蘭」

木蘭はぎゅっと身を固くして心の痛みに耐えた。

「わたしは弱いのでしょうか。恨みながらも彼女が恋しくてなりませんし、恋しいのに同時に憎くてならないんです」

「ならば、理由を暴くのだ。なにかしら理由があって主君を殺そうと謀り、友の信用を裏切った。身の上話を聞くことくらいはできるやもしれない」

「はい。陛下」

月が皓《しろ》い光を放っていた。

木蘭は届かぬ月輪を撫《な》でた。


「お話しすることなどなにもありません」

劉覇が賜死を受けるまであと三日の朝。木蘭は伊良亜の牢《ろう》を訪れた。

彼女は酷《ひど》いありさまだった。

髪は切られてざんばら髪で、顔の右側には火かき棒の痕《あと》があり、左側は叩《たた》かれて腫《は》れている。小さな体がさらに小さく見えた。汚い囚人服の背には大きく「囚」という字が書かれ、己が何者か知らしめている。

彼女は冷たい土間の上に脚を抱えて座っていた。

木蘭はその姿に胸が締め付けられたが、心に鎧《よろい》を着せて冷静を装った。

「伊良亜、なにがあったか話してくれない？」

「話すことはなにもありません。帰ってもらえませんか」

伊良亜は壁を見ていて、こちらを向こうともしない。声は冷たく、態度は以前のものと違って尊大だ。

木蘭はどう話を進めたらいいのか分からなかった。冷たい声で訊《たず》ねればいいのか、はたまた感情のこもっていない声がいいのか。

もちろん、本心では伊良亜がどうして木蘭を裏切ったのかなど知りたくなかった。ならば問わないという選択肢もあった。しかし、真相を突き止め、劉覇を助けるためには木蘭は嫌でも真実を知らなければならなかった。

「伊良亜。どうしてわたしを裏切ったの？」

「…………」

「劉覇さまは三日後に賜死が決まったわ。嬉しい？」

伊良亜は木蘭の挑発に答えなかった。

木蘭は房の中を見回した。

荷物はひとつだけ。

後ろに控えていた葉宦官が、包みを開こうとすると、伊良亜が慌てて立ち上がり、飛びかかろうとするも、手足に枷《かせ》があり、葉宦官を阻むことはできなかった。

「荷物はこれだけ？」

「はい」

木蘭が中を開けると、安物の翡翠《ひすい》の指輪と捕らえられた時に着ていた女官服があった。紐《ひも》や釵《かんざし》の類《たぐ》いは自死をさけるため取り上げられている。木蘭は暗い牢獄で指輪を掲げると、光にすかして見た。

『愛』

たしかにそう書いてある。木蘭は『愛』という絶対の言葉に声を失った。

「これは尉吐李からの贈り物？」

ようやく絞り出した声で聞くと、伊良亜が青い目を見開いて木蘭を見た。やはりその通りなのだ。

木蘭は裏切りの理由を悟って深く失望した。愛の前では木蘭との友情などどうでもよかったのだろう。しかし、それを非難できようか。木蘭は愛より大切なものを知らない。

「愛する人を庇《かば》っているの？」

「帰ってください。話すことはなにもありません」

皇帝が言うとおり、伊良亜は蒸し焼きにされても決して首謀者の名前を言わないだろう。死より恐ろしいものがあるのではなく、伊良亜には自分の命より大切なものがあるのだ。

「伊良亜、わたしは何度も自分に問うたわ。わたしがなにをしたら、あなたにこんな仕打ちをされなければならないかって」

　伊良亜は押し黙ったままだった。

「友達だと思っていた。一番大切な友達……どうして裏切ったのかくらい答えてくれてもいいじゃない？」

　木蘭は唇をぎゅっと嚙《か》みしめている人を見下ろす。

「伊良亜、お願い、なにか言って」

　伊良亜がゆっくりと冷たい瞳《ひとみ》で木蘭を見上げた。

「友達だなんて思ったことは一度もありません」

　木蘭は息を呑《の》む。

「木蘭さまはいつだって哀れな官婢に優しさを施していただけではありませんか。そうやって悦に入って、恵まれた身でずっと私を見下していたではありませんか」

　木蘭は思わず拳《こぶし》を握った。怒りではなく、悲しみを耐えるためだ。しかし、涙がわっと噴き出て、口を腕で覆うとどうすることもできなくなった。ただじっと冷たい言葉を投げかけた伊良亜を見返したのは「負けたくない」という気持ちからで、彼女もまた視線を離そうとはしなかった。

　――そんな風に思われていたなんて……。

　木蘭は伊良亜を見下したことなどない。でも、そう思われていたのなら、二人の間に越えられない隔たりがあったのだ。

木蘭は深く息を吐いて呼吸を整えてから言った。

「わかった。それがあなたの答えなのね。伊良亜、あなたが死ぬときは必ず、見に行くわ」

どうしてそんな冷たい言葉をかけられるのか、木蘭には自分がわからなかった。それでも悲しみに堪えて無表情の仮面をつける。

伊良亜は選んだのだ。友ではなく愛する人を。自分自身ではなく尉吐李を――。

木蘭は床の上に指輪を置く。

「さようなら、伊良亜」

伊良亜は答えなかった。なにか言いたそうな迷う瞳を一瞬したが、木蘭はそれに背を向けた。これ以上向き合うことはできなかった。

喉《のど》にこみ上げてくる痛みを感じても、木蘭は嗚咽《おえつ》など漏らしはしなかった。しっかりと背筋を正して歩き出し、親友と決別する。歯を噛みしめて、階段を上れば、光が木蘭を迎えた。

7

椒房殿に戻ると、梧桐《あおぎり》が深く茂る中庭で班女官が、胡仁の尻《しり》を宦官《かんがん》たちに打たせていたところだった。彼女は卓を庭に出して優雅に白湯《さゆ》を飲みながらそれを眺めていた。

「何事ですか」

木蘭が言うと、班女官が立ち上がり頭を下げて挨拶《あいさつ》する。

「お帰りですか」

「ええ……」

「胡仁が盗みを働いたので罰しているのです」

班女官の書きかけの文を盗もうとしたらしい。彼女にはまだ胡仁が敵の間者であることは言っていなかったのを木蘭は思い出す。胡仁が叫んだ。

「黎阿監。嘘です。でたらめです。なにもしていません！」

「お黙りなさい」

班女官が一喝する。こうなれば、木蘭も胡仁の主《あるじ》の名を聞かねばならない。班女官の横に座ると、呆然《ぼうぜん》としている衛詩に醴《あまざけ》を持ってくるように言いつける。

「ただいまお持ちします……」

真っ青な顔の衛詩が消えてもぶたれる音と、胡仁の叫び声は何度となく響いた。木蘭は待っているのも時間の無駄なので、目を通さなければならない書類を開いて確認していたが、胡仁はなかなかがんばって吐かない。

葉宦官がやってきて、聞こえるようにわざと「黎阿監、殺してしまいましょう。陛下はお怒りになどなりませんよ」などと言うので、打つのが二十を超えたあたりになると、胡仁はついに観念した。

「わかりました。言います、なんでも言います。だからもうやめてください！」

「あなたが間者であるのは、以前から分かっていたわ」

うずくまる少年は、木蘭を見上げ、地面に両手をついてうな垂れた。

「わたしたちに全てを話すか、死か、あなたが選びなさい」

「話します、黎阿監さま……。私は王充依から頼まれてあなたを見張っていました」

「そして情報を流していた。文を読んだり、盗み聞きをしたりして？」

「はい」

「連絡を取っていたのは誰？」

「王充依付きの雲女官です」

「雲？」

「雲大鴻臚の娘です」

ずいぶん大事なことを木蘭は見逃していた。王充依に雲大鴻臚の娘が仕えていたとは。

「雲大鴻臚の娘が王充依付きなの？」

「はい。そうです……」

どんどん糸が繋《つな》がっていく。

「どういう人？」

「美人です……王充依は息子の広陵王の側室にするって言っているらしく、他の女官より立場が上で重用されています」

「なるほどね」

大鴻臚を味方にするために、息子の嫁にすると約束しているのだ。劉覇を殺し、広陵王が帝位についたら娘には倢伃あたりの位を約束しているに違いない。子を産めば、大鴻臚は未来の皇帝の祖父、外戚《がいせき》となる可能性がある。

「尉吐李についてなにか知らない？」

「尉吐李？　楼蘭の王子のですか？」

「そう」

「自分はなにも知りません」

「打たれたいのか！」

葉宦官が怒鳴ったが、どうやら、胡仁は嘘をついていないらしい。

「本当です、信じてください！」

胡仁は頭を地面にこすり付けて訴える。木蘭は信じた。胡仁は報酬が幾らで、その半分をすでに受け取ってしまっていること、両親に送って手元にはないことを告げる。

王充依の目的は、木蘭の監視と皇帝の動向を探ることだった。

「これからはわたしたちのために働いて貰《もら》うわ。嫌なら死ぬしかない。皇帝陛下は死をお命じになるはずだから」

「ど、どうか。お許しください……なんでもします……」

葉宦官が脅すつもりだろう。木蘭に言う。

「殺してしまいましょう。言うことなど聞きませんよ。皇帝陛下を弑《しい》しようとした者に与《くみ》したら則《すなわ》ち死です」

「黎阿監、お願いします、お許しを……」

手をこすり合わせて胡仁は許しを請うた。木蘭は彼を逆に敵への間者に仕立てようと思っていたので、もとより許すつもりだった。だが、「許すわ」と言う前に、先ほどから蒼白《そうはく》の顔で立っていた衛詩が、突然跪《ひざまず》いたかと思うと額を地面にこすりつける。

「お許しください！」

「ど、どうしたの？」

木蘭が戸惑い衛詩に訊《たず》ねると、彼女は赤子のように泣き出した。

「どうしたの？　衛詩。ねぇ、どうしたの？　泣いてたらわからないわ」

ひっくひっくとしゃくりあげながら、衛詩は木蘭の袖《そで》を摑《つか》む。

「伊良亜さんの文を尉吐李さまに届けていたのはあたしです……」

「衛詩？」

木蘭は驚愕《きょうがく》した。なぜ衛詩が……。

「あなたは自分がなにを言っているかわかっているの!?」

衛詩は泣きはらした顔を袖で拭《ふ》き、蒼白な顔で頭を下げる。

「木蘭姉さんに何度も言おうとしたんです。でも……なかなか言えなくて」

「あなたが話があると言っていたのはそのことだったの？」

「はい……」

しかしその後、言って来なくなったのは、伊良亜が皇帝の毒殺を謀り捕らえられたからだった。自分も関わりがあると知られれば捕まるのは目に見えている。怖くて告白できなかったのだ。

「衛詩。落ち着いて。あなたは、なにを知っているの？」

「あたし、伊良亜さんが尉吐李さまに送る文を届けるお使いをしていました……」

「どうやって皇宮の外部に文を届けていたの？」

「王充依付きの雲女官に届ければ送ってくれる手はずでした」

木蘭は衛詩を立たせて、椅子に座らせる。雲女官やら尉吐李の名前が出てきてもう隠しきれないと思って自分から告白したのだという。

「どうして相手が尉吐李だと知っているの？　伊良亜が言ったの？」

衛詩は首を振った。

「最後に来た文を伊良亜さんに渡すことができなかったんです。捕らえられて、文が関わっているのではないかと思って、怖くなって開けて見てしまったんです」

衛詩は更に泣き出し、「ごめんなさい」を何度も言ってぶるぶると震える。木蘭は冷静な声を努めて作ると、衛詩の顔を覗《のぞ》き込む。

「その文は今も持っている？」

衛詩は「うんうん」と頷《うなず》く。

「見せて。今すぐに」

8

木蘭は衛詩を巻き込んだ伊良亜を恨めしく思った。知らなかったとは言え、謀反人との連絡係となったと明らかになれば、衛詩もただではすまない。怒りと悲しみが行き場のない憤怒となって木蘭の中に蓄積される。

「これです」

文は、小さく折りたたまれ、巾着《きんちゃく》に入っていた。竹簡ではなく、高価な帛《きぬ》に書いたのは、おそらく燃やして処分しやすいようにするためだろう。竹なら文字を削るか、燃やすにしても室内では不可能。広げてみれば、楼蘭の言葉だろう。異国の文字で書かれている。署名だけ漢字だった。

当然だ。

尉吐李と伊良亜の二人は同郷の楼蘭人である。

「葉宦官《かんがん》、読めますか」

天禄閣で、西域の書籍を分類、研究していた男に文を渡す。

「お見せください」

葉宦官が手に取る。

そして悲しげに眉《まゆ》を寄せた。

「『愛《いと》しい人。母君の官婢《かんぴ》の身分を解き、帰国できるように準備を整えた。約束は必ず果たし、母君が再び故郷の地を踏み、安穏な暮らしをできるようにしよう。約束の日、あなたに神のご加護がありますように　尉吐李』」

木蘭は口をつぐんだまま動けなかった。

「伊良亜も母がいるなら、木蘭さまに相談すればいいものを。困っているのを必ず助けてくれたはずなのに」

　葉宦官の言うとおりだ。劉覇も尽力してくれたはずだ。

　班女官が静かに言った。

「尉吐李は伊良亜の母上を人質に、伊良亜に皇帝陛下暗殺を迫ったのではありませんか」

　憶測にしか過ぎないが、それもあるかもしれないと木蘭も思った。

　伊良亜は、愛する人に利用されて、それでもその名を告げずに、罪を被《かぶ》るのは、母を守っているからなのか。それとも尉吐李への深い愛がそうさせているのか。木蘭は感情的になるまいと誓っていたというのに、胸に悲しみが滲《にじ》んだ。

　立っていることすら辛《つら》く、四角い柱を摑むと叩《たた》いた。衛詩が木蘭の腕を揺すぶった。

「木蘭姉さんお願い、怒らないで。伊良亜姉さんはただ幸せになりたかっただけなの。ただそれだけだったんだよ……」

　木蘭はそう言われて初めて自分が怒っていることに気づいた。伊良亜に対してだけでなく尉吐李に対しても絶望に似た感情が芽生える。木蘭は低い声で言った。

「葉宦官、衛詩と胡仁を蔵に閉じ込めてください。必要になったら呼びます」

「木蘭姉さん！」

　衛詩が彼女の名を呼んだが、答えることはなかった。庇《かば》えばもっと衛詩に不利になる。木蘭が罰していると知れば、皇帝は小者の処分に口を挟まないかもしれない。

葉宦官が二人を連れて部屋を出て行くと、木蘭は班女官に言った。

「王充依についてもっと詳しく調べないといけないですね」

お付きの宮女女官、宦官の実家から推薦者、誰が出入りし、なにを食べ、公孫槐と関係があるのなら、そのつながり。すべて洗い出さなければならなかった。

「すぐにでも行います」

今夜は徹夜だと班女官が力強くつけ加えた。

「班女官、助けてくださってありがとうございます。この恩には必ず報います」

「礼をして欲しくてやっているのではありません。力になりたいのです」

木蘭は班女官を抱きしめる。

それから、木蘭は阿監の執務室で書類の山と格闘した。特に、王充依の収支に関しては不思議なことが多かった。

明らかに公から支給している額より、使っている額の方が多い。

他の側室たちも同じことが言えたが、王充依の使っている金額はずば抜けて多く、特に今月に入ってから湯水のように使っている。

「今月の頭に、翡翠《ひすい》の香炉を皇帝陛下に献上しているけれど、これだけで長安に大きな邸《やしき》がひとつ買えるほどの高価なものですよね。手下の南美人の実家にも祝儀を出している。張八子の話では、それもかなりの額だったようです。王充依の実家が裕福だと言っても、毎日のように仲間の側室や重臣、皇帝陛下に贈り物をするほどではないはず」

　蕘宦官が疲れた目をこすりながら答える。

「金主がいるのでしょう」

「だれでしょう？　王充依にそんな多額の資金を与えているのは——」

　そしてふと、西域で多額の軍費が殭屍《キョンシー》に奪われたという報を建章宮で受けたのを思い出す。

「公孫槐だわ……」

　他に考えられなかった。

　公孫槐は匈奴で惨敗した漢軍から金を奪い、それを資金源に長安に戻って、再びこの国を手に入れようと試みているのだ。王一族は、広陵王を擁して天下を殭屍たちと握るつもりなのだ。つまり第二の崔倢仔に王充依はなろうとしている。

「おそらくそのとおりかと」

　気づけば天は廻《めぐ》り、夜が明け、日が昇り始めていた。新しい一日が再び訪れてしまった。

　——あと二日。

「玉堂に行って来ます」

　今調べたことを報告し、劉覇を助けられないか皇帝に掛け合わなければならない。朝日は眩《まぶ》しく、空は青かった。

　木蘭が玉堂に行くと、ちょうど孫御史大夫と衛士丞《じょう》の李武官と戸口ですれ違った。どちらの顔も暗く、木蘭は頭を下げるだけにして声をかけなかった。案の定、皇帝の気色は悪いようだ。

「我が国には厳格な法がある。証拠がそれだけで、劉覇を助けられると思っているのか」

　皇帝は木蘭の報告を聞いて、厳しい声で言った。おそらく、同じく調査を行っている孫御史大夫とも同様のやりとりがあったと思われた。それでも木蘭は諦《あきら》めない。法はあっても法の上に皇帝があるのを知っているからだ。

「お願いです。雲女官と尉吐李を捕らえて取り調べを行い、劉覇さまを解放してください」

「『死を赦《ゆる》し刑を宥《ゆる》すは、是《こ》れを威の淫《みだ》れと謂《い》う』」

「陛下」

　木蘭は懇願したが、神仙趣味で黄老を好み、文官が主張する儒学を庇護《ひご》する皇帝は、実のところ、執政においては法を重んじる。難しい言葉を引用して甘い木蘭を一蹴《いっしゅう》し、皇帝として揺るぎないことを示した。

木蘭はうな垂れる。

「朕とて劉覇を助けたい。しかし、その尉吐李の文だけでは、尉吐李を捕らえても密通の咎《とが》でしか取り調べができぬ。伊良亜に謀反を命じたとは読み取れないのはわかるな。王充依の背後には必ず公孫槐がいる。そなたは下策を進言しおる。馬鹿者」

「もう時がないのです。劉覇さまを見殺しにするのですか」

「他の手立てを考えなければならぬ」

木蘭は思考をめぐらせる。

王充依と公孫槐のつながりはおそらく雲親子が担っているということ——というのはやはり推測でしかない。王充依の資金源が公孫槐である可能性——も憶測の域を脱していない。調査は行き詰まり、時間だけが無情にも刻々と過ぎて行く。

「こちらが動けぬなら、向こうを動かすしかあるまい」

皇帝の言葉に木蘭ははっとした。

「王充依に突然の物入りをさせて、金主に連絡を取らせたらどうでしょうか」

「うむ。どうするつもりだ」

「陛下は以前から欲しかったものはありませんか。高価なものです」

「うむ」

皇帝は髭《ひげ》をいじる。

すぐに思いつかないのはなんでも欲しいものは手に入り、格別欲しいものが今ないからだ。それでも老人は絞り出す。

「皇宮内を移動するときに使う馬車は以前から欲しいと思っていた」

「馬車ですか？　黄金の？」

「ああ。西域の名馬を繋《つな》いだらよかろう」

「馬は六頭は必要でしょう」

「やはり馬は若い馬がよいな。今いる馬はみな朕と同じく年老いた」

名案だった。あとは期限を区切る必要がある。

「宴《うたげ》を開きましょう。陛下のお誕生日を前倒しということで、いかがですか？」

「劉覇が死のうというのに、宴など開いて怪しまれないか」

「自分から言い出さず、誰かにやらせればいいのです。皇帝陛下が、『毒殺を謀った劉覇はもはや息子ではない』『謀反人を誅《ちゅう》した日は祝うべきだ』と朝議で強く公言されれば、怪しまれないのではありませんか。そして宴には主催者の顔を立て義理で出るようなふりをすればいいのです」

木蘭は考える。

「張八子から沈姮娥に働きかけてもらってはどうでしょう」

「張八子は動くか」

「建章宮の件ではわたしに恩があります。動いてくれるはずです」

「では、やるだけやってみよ」

「御意」

木蘭は拱手《きょうしゅ》すると後ろに三歩下がった後に、皇帝に背を向けて戸口に向かう。班女官、葉宦官《かんがん》が外で聞き耳を立てて待ち構えていた。木蘭は早口で歩きながら言う。

「班女官。今から文を書くので張八子に届けてくれませんか」

「は、はい。すぐに行って来ます」

「葉宦官は蔵から胡仁を出して、『誕生日の宴を二日後行うらしい。陛下がお望みのものは西域の馬にひかれた美しい馬車』だと王充依側に伝わるようにしてください」

意味がわからず、葉宦官は首をひねる。

「それはどういうことですか」

「高額の支出を突然しなければならなくなった王充依は、金主に必ず連絡を取るはずです」

「なるほど」

木蘭は頷《うなず》く。

「沈娙娥には宴を催したいと願い出て貰《もら》い、同じく馬車を用意してもらいます。ただし、ずっと安物のものでかまいません。王充依は、沈娙娥を笑いものにしたいはず。必ず誰よりも立派な馬車を用意します」

「なるほど。名案です。黎阿監」

「引っかかってくれるといいんですけど」

「手をこまねいているよりずっといいです。やってみましょう」

馬車は一日では作れないが、錦糸《きんし》の帷《とばり》や、派手な金具で飾り立て見栄えをよくすることは可能だ。しかも皇宮内の日常の移動に使うなら、それほど大きくない方が逆に便利だろう。

馬はそうはいかない。名馬は必ず揃えなければならない。皇帝を唸《うな》らせるだけの馬は一体、どこにあるか――。

「東市ね」

木蘭は張八子宛ての文を書き出した。

9

劉覇の処刑まであと一日。

沈姮娥が動いたのは王充依より早かった。

彼女は実家にその日のうちに連絡し、翌日の午後までに素晴らしい馬車を用意してくれるように依頼した。沈姮娥のもとには王充依の間者がいる。胡仁から聞いた話が本当であることを確信した王充依は自分も負けじと馬車を買うように命じたようだ。

王充依の腹心である雲女官が翌朝日が昇る前に皇宮を出た。

もちろん、木蘭と葉宦官は黒い斗篷《マント》を着て笠《かさ》を被《かぶ》り、それを追いかける。まだ星々が西の空に残る時間だ。街道では朝食を売る屋台が道にちらほら見受けられた。木蘭は気配を殺して歩く。衣を被《かず》いた雲女官も警戒しているらしく、何度も後ろを振り返るも、木蘭たちに気づかずに西へと急いでいた。

鐘楼から五更の時を知らせる太鼓の音がした。空を見上げれば、星河の光がまだ揺らめいている。

このまま道をまっすぐ行くと、女官とは無縁の妓楼《ぎろう》街になる。

赤い提灯《ちょうちん》を吊《つる》した朱漆の建物が見え、寝過ごした客がそそくさと家路につく姿がある。あたりが白々として東の空が明るくなって来れば、道を照らしていた灯籠《とうろう》の明かりも消える。

「葉宦官、雲家でも王家でもなく、妓楼とはどういうことかしら」

「長安みたいな大きな街では、人はそういう場所の方が隠れやすいってことなのでしょう」

妓楼街は、行きずりの人が集まる場所で、お互いに干渉し合わない。妓楼の主《あるじ》も女たちも口が堅く、金さえあればなんでも願いは叶《かな》う。公孫槐が隠れていても不思議ではない場所だ。

雲女官は一軒の妓楼――扁額《へんがく》に『玉麗楼』と優美な字で書かれた店に着くとその裏の入り口から中に入った。

店の者も見知っているようで、高貴な女性が入ったことに不審を抱かない。木蘭と葉宦官は道の角でそれを確認すると、すぐに積まれた酒樽《さかだる》の陰に身を隠す。

ちょうどよいところに屋台が店を開き始め、木蘭は温かい粥《かゆ》を二つ注文し、店の様子を窺《うかが》う。

「ここに公孫槐はいるのでしょうか」

「どうかしら」

老人が箒《ほうき》を持って店の裏口から出てきた。痩軀《そうく》で皺《しわ》が多い。使用人だろう。木蘭は粥をかっ込むと、老人に声をかけた。

「あの、ちょっといいですか。聞きたいことがあるんです」

「はい？　なんでしょうか」

木蘭は老人の手を引っ張って、酒樽の陰に連れて行くと、五銖《しゅ》銭の束をその袖《そで》の中に押し込んだ。

「客に異国の人はいませんか？」

老人は警戒して金を木蘭に押し返す。

「困りますよ、お嬢さん」

「いるか、いないかだけでいいんです。教えてください。お願いします」

木蘭はさらにもう一束、老人に押しつける。五銖銭なので束になっても大した金額ではないが、金《きん》などをここで出したら余計に警戒される。心付けには一日の稼ぎほどがちょうどいい。

「お願いします」

老人は五銖銭の重さに心を動かされたようだった。木蘭たちを店の裏の角まで連れて行き、左右を確認すると言った。

「一人いますよ」

「一人だけですか？」

「はい。彫りの深い異族の男が五日も泊まって豪遊しています」

木蘭は公孫槐だと思った。しかし、老人は表の戸から出てきた男を指さして言う。

「あの方です」

「あれは――尉吐李だわ……」

公孫槐だと思っていたのに当てがはずれた。

とはいえ、尉吐李が公孫槐に繋《つな》ぎをつけるのかもしれない。

後を追わなければならない。

「急げ」

尉吐李が馭者《ぎょしゃ》に漢語で言った。馬車で移動する気だ。木蘭は店の前の通りへと走り出る。

馬車の鈴の音が大きく鳴ったかと思うと、道を行く人々がさっと道の両脇に避けた。馭者は馬に鞭《むち》を打ち急《せ》かす。木蘭は走って追いかけたが、すぐに息が切れて見失ってしまった。

「阿監さま、どうしましょう……」

「大丈夫。次の手は考えてあるんです」

木蘭は肩で息をしながら葉宦官の肩を叩《たた》いた。

「東市に行きましょう」

「東市ですか？　なぜです？　皇宮に帰った方がいいのでは？」

「東市に匈奴の名馬が揃っている店を知っているんです」

「なるほど。名馬を求めるのは簡単ではない。必ずその店にも顔を見せるというわけですね？」

「ええ。王充依は一番いい馬を用意するようにと言ったはずですから」

木蘭は匈奴の王、単于である颯と幼なじみだ。匈奴人の店主とも顔見知りで、東市に行く度にしばしば馬を見に行っている。木蘭が張り込みをするのを手伝ってくれるはずだ。

「行きましょう」

木蘭たちは来た道を戻る。東市は皇宮の北にあり、塀で囲まれた長安城内にある。黄橋と呼ばれる大きな橋を駆け抜けて、開いたばかりの門を潜る。大道を下ってひときわ高い市《し》楼《ろう》の屋根に赤い旗があるのを目印に進む。

「なんだか今朝は人が少ないのですね」

「今日は処刑が行われる日ではないから空《す》いているんです」

東市では見せしめの処刑が定期的に行われる。この国の法では処刑は万物が枯死する陰の時期、つまり九月から立春正月までに限られていた。しかもその中でも月の十五日以降と決められているため、劉覇の処刑が即日ではないのもそのためだ。気が陰になる十五日まで待って行うことになる。

見せしめの処刑がある日は、東市では見物人が出て普段見ないような人で溢《あふ》れている。しかし、今日は、時間も早いのもあって大した混み合いではない。

「こっちです」

市楼の西を横切り、慣れたように占いを商いにする道士の脇をすり抜け路地に入る。いつもなら、美しい装飾品があれば、木蘭は一々立ち止まるというのに、今日は素通りし、知り合いの賭《か》け武術の元締めに金を片手に手招きされても、手を振って断った。日は昇ったが鈍色《にびいろ》の空に気まぐれな糸雨が降り始め、濡《ぬ》れた髪がしっとり重くなる。

「あそこです」

飼い葉の臭いとともに馬のいななきが聞こえた。

木の柵《さく》に囲まれた広い場所に出たが、馬は一頭も外には出ていない。廏舎《きゅうしゃ》にいるようだ。顔見知りの匈奴人の店主が出てきた。胸に手を当てて挨拶《あいさつ》するので、木蘭も匈奴式に同じように返す。

匈奴人らしい頬髭《ひげ》のある男は、親しみのある笑みで言う。

「久しぶりですね、木蘭お嬢さま」

「おひさしぶり」

「単于からは文は来ておりませんよ」

人に知られたくない文を颯はここに送ってくる。

木蘭はこっそり受け取っていたが、色恋の文はなく、劉覇に殭屍《キョンシー》との戦いの状況を密《ひそ》かに伝えるものがほとんどだ。朔《ついたち》の日に取りにくるのが申し合わせだから、店主は、突然、どうしたのかという顔だった。

「文を取りに来たのではないの。ちょっと野暮用よ」

「野暮用？」

木蘭は微笑む。

「ええ。一番いい馬が万金で売れる夢を見たから、見に来たの」

店主は怪訝《けげん》な顔をするが、故郷の単于の友人だ。丁重に扱わなければと、店の中で牛の乳で作った濁り酒でもどうだと言ってくれたが、木蘭は片目を瞑《つぶ》る。

「今日の商売は、好きなだけふっかけても買い主はお金を出すって占いに出たわよ。お酒なんて飲んでいる場合じゃないわ」

木蘭は斗篷で隠していた自分の姿を見せた。筒袖《つつそで》、左衽《ひだりまえ》の上衣に褌《ズボン》という匈奴の衣服だ。もともと髪は短いので、子供に見えないことはない。色白の顔に雨に濡れた土を塗り、心得顔で店主を見る。

「今日、上客が現れる。その人が誰かを突き止めたいの」

「面倒はごめんですよ」

「殭屍が関わることなの。あなただって殭屍に散々な目に遭ったでしょう？」

匈奴は殭屍のせいで多くの人を失った。店主もその一人だ。しばらく協力するか悩んだが、諾と言ってくれた。

——さて、誰が現れるかしら。

尉吐李が直接来るかもしれないが、馬に詳しい人物が代わりにやってくる可能性の方が高い。木蘭は雨に濡れた体を温めるべく、廏舎の藁《わら》の陰に身を隠し、温めた牛の乳を飲みながら時を待った。

半日そこで時間を潰《つぶ》しただろうか。

「こちらです。いい馬が揃っていますよ」

店主の機嫌のよい声がして、客が現れたのは夕暮れ時だ。

貴族ではないが、こざっぱりと身なりがいい。高貴な家の使用人かなにかだろうか。泣きぼくろがあり、長身痩軀。歩き方が後ろにのけぞっていて尊大な印象を与える。

「どうです、この馬など、立派でございましょう」

店主はまずは中の上の馬から客を案内するが、相手は馬鹿にするなと素通りする。そして店主が売りたいと思っているこの店で一番いい白馬の前で止まった。

「姿がいい。筋肉に無駄がなく、たてがみも美しい」

「そうでございましょう。しかしながら、申し訳ありません。こちらの馬はすでに売れているのです」

「金はいくらでも出す」

「そう言われましても……」

売りたそうにすると足元を見られる。店主の演技は役者顔負けだ。しばらく、「売れ」だ「売れぬ」だと言い合っていたが、時間までに馬を六頭揃えなければならない買い手の男は金の塊が入った箱を店主に押しつけると、馬を引いて店を出て行ってしまった。

「お待ちください、困ります」

店主の芝居がかった声がそれを追うも、権勢を笠《かさ》に相手は振り返ることはなかった。

「あの人は誰だったのですか」

「王廷尉の家宰です」

それだけ聞けば十分だ。

木蘭は、買い手の男を追いかけた。

10

いつの間にか飛雨となり、木蘭は笠を被り直す。風で斗篷《マント》の裾《すそ》がはためくも、雨の音で追っている相手はこちらの気配に気づかない。薄暮も宵となり、黒の斗篷のおかげで木蘭は夜陰に紛れた。

「どこに行くつもりでしょうか」

葉宦官《かんがん》が、木蘭にささやいた。

「さあ。聞いていた尉吐李の邸《やしき》の方角ではないわ」

東市をまっすぐに進み左に曲がると、庶民の暮らす民家が重なるように建てられている界隈《かいわい》に着く。木蘭は子供を背負って足早に家路を急ぐ女をつかまえた。

「すみません。あの坂の上にはなにがあるんですか」

「道寺ですよ」

顔を拭《ぬぐ》いながら、女が答えてくれた。

「人が住んでいるんですか」

「ええ。坂をずっと上ったところに建物があって、二十人ほどの道士さまが住んでおられます」

木蘭は後を追おうとして葉宦官に袖《そで》を摑《つか》まれた。

「真っ正面から行っては危険です。裏から行きましょう」

二人は裏手に回って階段を見つけた。最近は使っていないらしく、段に使っている石がぐらぐらするので、気をつけなければならなかった。葉宦官が段差が高い時は手を伸ばして助けてくれる。そして最後の一段を上り終えた時、見たことのある馬車が道寺の門の前にあることに気づいた。

「尉吐李の馬車だわ」

「馬もいます」

匈奴の馬商人から買った馬以外にも五頭の名馬が廏舎に繋《つな》がれている。色も白で揃えているのは、なかなか趣味がいい。

準備万端であとは連れて行くだけの様子で毛が整えられていた。

「見てください」

葉宦官が声を潜める。

見れば、雨の滴る二階の欄干から身を乗り出す人の姿があった。

——公孫槐……。

銀髪に男とも女ともつかない妖艶《ようえん》な面。口には血を思わせる赤い紅を差し、片耳には金の耳飾りを垂らす。衣は彼の好きな紫紺色。爪は指と同じほども長く、赤黒く塗っている。紫の瞳《ひとみ》は蠱惑《こわく》の光を瞳孔《どうこう》に秘めていた。

「ついに見つけたわ」

木蘭は胸が逸《はや》った。

皇帝に頼み、兵を派遣してもらえば、劉覇の無実が明らかになる。

木蘭はその場を葉宦官に見張らせて、自分は皇宮へと急ごうと思った。だが、その時、草むらを必死の形相で逃げている道士を見てしまう。彼は殭屍二体に追われていた。

「どうしますか」

葉宦官は助けることに反対であるという声音だった。

木蘭もできれば、援軍を呼びに行きたかった。しかし、見殺しにはできない。劉覇のために皇宮に向かいたい気持ちを木蘭は堪《こら》えると、心の中で舌打ちして立ち上がる。

「葉宦官は東市まで行って晋武官に連絡を取ってください。公孫槐の居場所がわかったと伝えてください」

「かしこまりました」

木蘭は道寺の裏手にある竹林に逃げ込んだ道士を追う。

雨は竹藪《たけやぶ》に入れば、消え去り、音もしない。道士が真ん中で派手に転んだ。殭屍《キョンシー》は腰を抜かした彼に近づく。

「わたしが相手よ」

木蘭が斬り込む。

殭屍の動きは鈍く、一体はすぐにその首を刎《は》ねることができた。が、もう一体はまだ殭屍になって新しく、すばやく動く。木蘭が、構え直す前に竹を踏み台にいきなり顔の所まで飛んできた。

「うっ！」

口を銀剣で止めるも、飢えた虎もさながら、殭屍は牙《きば》を剝《む》き唾《つば》をまき散らしながら木蘭の血を欲する。

反射的に左足で踏ん張り、右足で腹を蹴《け》って距離を取るも、殭屍は両手をばたつかせて木蘭に襲いかかる。

「しつこいわね！」

木蘭は剣を一度払うと、両手で握り、一直線に殭屍に向かう。しかし、逃げられて、竹を斜めに断っただけだった。白い切り口に雨水が落ちたかと思うと、竹が倒れかかって木蘭は後ろに跳び逃げた。

「大丈夫ですか」

木蘭は背に道士を隠す。

「はい。どうにか……」

木蘭は殭屍に剣を振り上げた。腹を狙うが動きが速い。それでも、木蘭は諦《あきら》めずに攻撃を続けた。殭屍が大きな口を開け、赤い舌と牙で木蘭の首筋を狙うと、わざとそれを見せつけ、隙を作った上で、身を反転する。

「遊んではいられないわ」

木蘭は着地した瞬間、飛び上がり、そのまま首を斬り落とした。

――思ったより手こずってしまった……。

木蘭は額の汗を拭う。ほっとしたのもつかの間――。

「うおおお」

突然、うめき声が聞こえたと思い、振り向けば、助けたはずの道士が殭屍となって木蘭に襲いかかって来たではないか。

――まずい！

そう思った時にはもう遅い。

殭屍の牙を剝いた口はすぐそこにあった。

「あああ！」

木蘭は声を上げ、目を瞑《つぶ》る。

しかし、もうダメだと思った時――殭屍の動きは突然止まり、地面に倒れた。

「黎阿監、首を！」

顔を上げると晋武官だった。

木蘭はすぐに我に返って銀剣で道士の首を切断する。

「ご無事ですか」

彼は弓を背負っていた。銀の鏃《やじり》のついた矢で殭屍に変化した道士を射てくれたのだ。

木蘭は今度こそ安堵《あんど》の吐息をつく。

「葉宦官から聞いたのですか」

それにしてはずいぶん早い登場だ。

「いえ、私たちもここを張っていたのです」

「そうだったのですね……」

　木蘭は眉《まゆ》を寄せて訊《たず》ねる。

「公孫槐に気づかれたでしょうか」

「どうでしょうか。それにしては道寺の方は静かで動きがありません」

　殭屍が二体いなくなったら、気づく可能性はあった。しかし、晋武官は首を振った。この二体の殭屍は道寺から出てきたものではなく、街で徘徊《はいかい》しているはぐれ殭屍が道寺に仲間の臭いを嗅《か》ぎつけて集まったものだったようだ。

「公孫槐の直接の手下ではありません。長安の街を攪乱《かくらん》するために公孫槐が放った下級の殭屍です。心配はいりません」

　これで、公孫槐の居場所は摑《つか》んだ。

「道寺の者たちはほとんど公孫槐の餌食《えじき》になったようです。一人、逃げ出した者を救出していますので、証人にしましょう」

「助かります」

「ここは引き続き、私たちが見張ります。黎阿監は皇帝陛下にご報告を」

「そうさせてもらいます」

　木蘭は、晋武官の部下の馬を一頭借りると戻って来た葉宦官《かんがん》と相乗りして皇宮へと急ぐ。

すでに風は止み、微雨となっていた。

劉覇が賜死を受けるのは明日の朝。宴《うたげ》はその午後。朝までに劉覇を助けることはできるのか。街のどこに隠れているかわからない公孫槐の手下の殭屍をおびき出すのは簡単ではない。劉覇に万一のことがあれば、木蘭が立ち上がらなければならなかった。

木蘭は強く馬に鞭《むちう》打った。

11

「皇帝陛下」

拝謁が叶《かな》ったのは、その夜遅くになってからだ。

百官が朝見を求めて長い列を作って、なかなか木蘭は御前に近づくことができなかった。夕食を孫御史大夫とともにした皇帝は風呂《ふろ》を用意させ、そこに木蘭が呼ばれた。敵の間諜《かんちょう》がいるかもしれない中、一人になる機会がないからだ。

「どうなったのだ」

木蘭は衝立《ついた》ての後ろでかしこまる。

「公孫槐の隠れ場所を突き止めました。今は晋武官が密《ひそ》かに周囲を固めています。陛下のお許し次第でいつでも攻撃できます」

「相手が公孫槐で、劉覇抜きでは心許《こころもと》ないな」

「御意」

「あやつは逃げるのが得意だ」

皇帝は控えていた江中常侍に合図する。

木蘭に手渡されたのは黄色の絹の巻物。

「これは……」

「密勅を与える」

つまり、秘密の勅書だ。

「陛下！」

木蘭は胸が張り裂けんばかりに鼓動するのを抑えながら勅書を開いた。

「『皇太子劉覇を密かに釈放の上、公孫槐及び、殭屍討伐に当たらせよ』陛下！　感謝いたします」

「ただし、悪い知らせがある」

「なんでしょう」

「先ほど、王廷尉が劉覇の処刑は夜が明け次第、宮獄内で行うと言って来た」

木蘭は慌てた。

密勅ということは勅があることを知られてはならない。牢《ろう》の前で解放せよと叫ぶことができないのだ。獄吏と斬り争い、劉覇を救い出さなければならない。それには計画も必要だったし、人も揃えなければならない。

「心配するな。すでに李武官に命じて準備を始めさせている。劉覇と入れ替わる死体も用意させた。王廷尉が賜死の時に立ち会えないように、明日の朝議で皇后冊立を議論することにしたと噂を流せ」

　木蘭はほっとする。

「感謝します。陛下」

「感謝しているのは、こちらだ、木蘭。必ず劉覇を助けてやってくれ」

「かしこまりました」

　木蘭は風呂場を後にした。

　殭屍《キョンシー》の弱点は昼間である。

　劉覇を牢から出したら、日中に道寺を攻撃しなければならない。葉宦官に晋武官と連絡をとるように頼み、密勅を得たことも知らせる。木蘭は廊下を歩きながら、腕を組む。

　――王廷尉は朝議に出ざるを得ないけれど、夜が明けてから邸《やしき》を出てくれるかしら。

　木蘭はもう一度、胡仁を使うことにした。

「皇帝陛下は、明朝の朝議で、皇后を誰にするか議論することにしたわ」

連れて来られた胡仁に言うと、彼は恐れを含んだ瞳《ひとみ》で木蘭を見た。これ以上協力するのが怖いからだ。

「上手《うま》く言える？」

「やってみます」

木蘭は跪《ひざまず》く胡仁と同じ目線になった。

「これが上手くいったら、あなたのことは解放する。皇帝陛下に気づかれる前に長安を離れるといいわ」

「庇《かば》ってはくださらないのですか」

胡仁が木蘭の裾《すそ》を摑む。

「あなただって知っているじゃない。陛下はそんな甘い人ではないって……今夜中に逃げなさい」

「はい……」

木蘭は多少の金を渡した。

胡仁とて好きで王充依の手下をやっていたわけではないだろうが、劉覇を誣告《ぶこく》した一翼を担っていたことを考えれば、皇帝は許しはしないだろう。よくて打ち首だ。悪くすると家族も皆殺しになる。

「黎阿監」

班女官と葉宦官が現れた。

晋武官の部下である李武官がそれに並んだ。木蘭は組んでいた手を背中に隠すと、断固とした声で言う。

「劉覇さまを奪還します。必ず明朝までに助けなければなりません。みなさん、どうか力を貸してください」

「もちろんです、黎阿監」

三人が力強く言い、四人は輪になって手を重ねた。すると、

「私のことも忘れないでください」

羌音がそれに加わる。

「まずは、班女官。尚衣に行って皇帝陛下が皇后冊立の内意を漏らしたから、儀式のための衣の準備を始めるように言ってください」

「噂を後宮に流すのですね」

木蘭がにっこりとする。

「胡仁にも王充依に報告するように言いましたが、それだけでは不十分だと思うのです。尚衣には噂好きで黙っていられない明女官がいます。あっという間に広まるでしょう」

「噂を流すのは私にもお任せを」

羌音が言う。

「長く皇宮で働いています。手伝ってくれそうな友もいますし、身を潜めている皇太子殿下の配下に命じて広めましょう」

「いい考えです」

「李武官はわたしといっしょに夜明け前まで王廷尉を見張り、家を出てしまったら、すぐに劉覇さまの救出に向かいましょう」

李武官が頷《うなず》く。木蘭は葉宦官を見た。

「もし王廷尉が皇宮を出て、劉覇さまの賜死に立ち会おうとしたら、皇帝陛下に報告を。足止めをお願いしてください」

「かしこまりました」

木蘭は帯びている剣を揺らしながら歩き出す。髪を一つに結んで、武具をまとった武官たちとともに宮門を密かに出る。馬に乗り、重臣たちが多く住む長安の西側へと急いだ。雨は降っていないが、秋冷えのする夜だった。

「兵士は裏門と表門に配置しましょう」

暗闇の中、木蘭は王廷尉邸の向かいにある木の陰に隠れた。

邸は静まり返り、明かりは一つ、二つと消えていく。門番すら戈《ほこ》を支えに居眠りを始める。皇宮から皇后冊立の朝議が明日あるという知らせは来ないのだろうか。木蘭はやきもきした。

「王充依は明日の朝、日が昇ってから連絡するのではありませんか」

「わたしの勘だと今夜中に連絡すると思うんです。そんな悠長な人ではないと思うのです」

しかし、月が西に傾いていくと、不安になり、足踏みをしたくなる心地になった。

まさか、夜遅くに連絡するのは迷惑だからと止めたのか。いや、これほど重要なことを王充依が兄に相談しないはずはない。

木蘭はひやひやしながら時を待つ。

鐘楼から三更を告げる鐘の音がした。

邸はひっそりと眠りの底に落ちていった――と思った時。

「お開けください！　後宮からの使いです」

王充依の腹心、雲女官が門を叩《たた》いたではないか。寝ぼけ眼の門番が何事かと驚いて、目をこすりながら、女官を邸内に入れ、邸の中が騒がしくなる。

「いよいよですね」

問題は、王廷尉がこんな夜遅くに皇宮に行くかということだ。

やはり、すぐに出かけず、各地に使いを出す。王充依を皇后に推戴《すいたい》するよう、雲大鴻臚など息のかかった重臣たちに奏上させるべく、深夜に拘《かか》わらず邸に呼ぶことにしたようだ。

「夜が明けます」

漆黒の空がやがて群青へと変わり始めた頃、王廷尉が動く気配があった。

王廷尉には劉覇の処刑を見届けずに参内してもらわなければ、救出が難しくなる。牢を襲撃すれば多少の騒ぎが起きるだろうから、それを知られるわけにはいかなかった。劉覇が牢で賜死したと思わせるには、王廷尉が皇宮に入った後に牢から助け出すのが、一番だったのだ。万一、処刑に立ち合うようならば、王廷尉を襲撃する班と劉覇救出の二班に分けて戦う覚悟も木蘭にはできていた。

「王廷尉です」

そう言ったのは、木蘭が半分諦《あきら》めかけていた時。

表門が開いて正装をした王廷尉がいた。宮獄ではなく、皇宮に向かうつもりなのだ。

「行きましょう」

王廷尉を乗せた馬車は皇宮の方角へと向かい、東の空はだんだんと明るくなっていく。

木蘭は馬の背に飛び乗った。

「はっ！」

馬が泥濘《ぬかるみ》の土を蹴《け》り、顔を汚してもかまわず手綱を取り、劉覇が無事でいてくれることだけを天へ祈る。
――お願い間に合って！

12

宮獄の前に駒《こま》を止めると、木蘭はなにも言わずに、門兵の前に進み出て腹に当て身を食らわす。李武官も同じようにもう一人を倒すと、その部下たちが人に見られないように両腕を引っ張って中に隠し、門を閉じた。

「おい、お前達、なにをやっている！」

黒い門がしっかりと閉められた後、巡回の兵士がこちらに気づいた。すぐに危険を知らせる笛を鳴らすと、兵士たち三十人ほどが一斉に集まって来た。こちらは李武官の配下が二十二人しかいない。

構える戈と剣。

木蘭は右手に剣を持ち、左手の指を二本、天に向けると、一呼吸する。数は不利だが、こちらは近衛《このえ》の隊の、殭屍《キョンシー》討伐を命じられた選ばれし強者《つわもの》どもだ。獄吏が何人いようが、負けはしない。

「黎阿監、ここはお任せください。中に入って皇太子殿下の救出を早く！」

「はい！」

李武官の言葉に木蘭は走り出す。

「えい！」

戈を向ける兵士の頭を肘《ひじ》で殴ると、建物の重い鉄の戸を押して獄の中に入った。

ここに初めて来た時、木蘭は恐ろしくてならなかった。二度目の今朝、彼女には恐怖心はなかった。二段飛ばしで階段を下り、地下へと急ぐ。

「何者だ！」

途中、木蘭は誰何《すいか》する獄吏を回し蹴りしてその声を封じると、鍵《かぎ》を奪って、通路の鉄格子の扉を開く。

「劉覇さま！」

見れば、突き当たりにある房の周りには、獄吏が数人と、顔に大きなイボのある廷尉府の役人がいた。房の中には筵《むしろ》が敷かれ、劉覇が跪《ひざまず》いて、勅書を神妙に聞いている。

木蘭ははっとする。

通路を走れば、劉覇は、毒の入った椀《わん》をうやうやしく受け取ろうとしているではないか。

「劉覇さま！」

木蘭はとっさに、彼の手首に釵《かんざし》を投げつける。椀は大きな音を立てて床に落ち、液体は黒い染みを作って筵に広がった。

「飲まないでください！　陛下のお許しが出ました！」

「木蘭！」

「陛下のお許しが出たのです！」

「本当か！」

彼が立ち上がり、木蘭を抱きしめる。後から来た李武官たちがその場にいた獄吏たちの首元に一斉に剣を止めた。

「武器を捨て、牢《ろう》の中に入れ」

劉覇の代わりに獄吏と廷尉府の役人が鉄格子の中に入れられる。

「木蘭……」

劉覇の強い抱擁は想いの丈を語っていた。

木蘭は涙が零《こぼ》れるのを止めることはできなかった。安堵《あんど》でむせび泣き、彼にしがみ付く。劉覇もまた、木蘭を腕から離しはしなかった。

「無事でなによりだ、木蘭」

「必ず再びお会いすると心に誓っていました」

「俺もだよ」

劉覇が胸の中の木蘭を覗《のぞ》き込みながら微笑んだ。

「会えて嬉《うれ》しい」

「……はい」

「本当に陛下がお許しになったのか」

「密勅を頂きました。公孫槐が隠れている場所を見つけたのです。捕らえるようにとのご命令です」

木蘭はかいつまんであらましを劉覇に説明し、密勅を見せる。彼は無言で聞いていたが、厳しい視線を彼女に向けた。

「そんな危険なことをしていたのか」

「……危険ではありません」

「危険でないはずはない。俺がどれだけ案じたかわかるか」

劉覇が語気を強める。木蘭は慌てて話題を変えた。

「それより、血は必要ですか。それなら――」

木蘭は肩を出そうとして大きな手に止められる。

「ここではダメだ。我を忘れてしまうから……」

耳元で囁《ささや》かれた声は酷《ひど》く色っぽく、木蘭は顔をぱっと赤らめる。

「黎阿監、この者たちはどうしますか」

そこへ李武官が外で捕らえた者を指して木蘭に訊《たず》ねる。

「全員、牢の中に放り込んでください。みなさん、ご心配なく。数日後には解放します」

テキパキ指示する木蘭に劉覇が意味ありげな微笑みを向けた。彼女は長い睫毛《まつげ》をしばたたいて問う。

「どうかされたのですか」

「いや、俺の木蘭がしっかり者になったと思ったのだ」

「しっかり者にならざるを得ませんでした」

恨みがましく木蘭が言えば、劉覇が彼女の頭を自分の胸に押しつけた。

「すまない。守ってやれなくて」

木蘭は首を横に振った。

「守られたいのではありません。劉覇さまを守りたいのです」

「君が眩《まぶ》しくてならないよ」

破顔した劉覇を見た途端、木蘭は辛《つら》かったことをすべて忘れた。

劉覇に認めてもらえれば、どんな苦難とて乗り越えられる。

「殿下、衣をお脱ぎください。陛下が代わりとなる死体を用意してくださいました」

李武官に言われて劉覇は衣を脱いで、武官の衣に鎧《よろい》を身につける。

「俺は公孫槐を捕らえる。木蘭、君に皇帝陛下を頼んでもいいだろうか」

「もちろん、そのつもりです、劉覇さま」

彼は人気がなくなると、木蘭を階段の踊り場の陰に連れ込んだ。指を絡め、接吻《せっぷん》を重ねる。劉覇の唇はいつもより乾いて湿り気がなかったが、深く接吻をするうちに濡《ぬ》れ、柔らかく木蘭を包んだ。

「飲んでください」

「少しだけ」

自戒の言葉を述べてから、劉覇は木蘭の白い首筋を噛《か》む。

首筋から垂らしても衣を濡らすことなく、肌を吸うように食らう。血を吸われる感覚はどこかたゆたうようで、木蘭は彼に身を任せていた。

「ありがとう、木蘭」

劉覇はすぐに自制して唇を離し、木蘭の衿《えり》を直す。物足りない気もするがゆっくりもしていられない。

「どうか、お気をつけて」

「君も」

繋《つな》いでいた手を名残惜しそうに離す。

「皇宮で会おう、木蘭」

宮獄の門は固く閉じられ、皇帝の息のかかった者たちにより、『劉覇』だとする遺体を入れた粗末な袋は外に運び出された。長安城の門に吊《つる》すためだ。

「劉覇さまもご武運を」

劉覇に銀剣を返し、木蘭は騎乗すると馬の首を皇宮へと向けた。

13

木蘭を見送った劉覇は公孫槐が隠れているという道寺に向かった。

寺の前で晋武官が迎え、昨夜から動きがないことを告げる。

「日が昇っている。すでに柩《ひつぎ》の中だろう」

攻撃するなら今だった。

兵士たちを道寺の四方に配置すると、太陽が雲から顔を出すのを待って、合図と同時に兵士たちは一気に坂道を上る。劉覇は剣を抜いた。道寺の前庭に躍り出るも、誰も出てこない。劉覇は階段を上って扉を押し破った。

「なんと！」

そこにあったのは、二十人あまりの道士の死体。

目や口を見開き、苦痛に歪《ゆが》む死相のまま重なり合うように放置されていた。神仙の神々の像が無慈悲なまでに静かに見下ろしている。

「柩は？」

「あります！」

一番立派な黒い柩に劉覇は手を掛けた。

金で象嵌《ぞうがん》され、火の印が真ん中に刻まれている。

――やっと公孫槐を捕まえられる。

劉覇は逸《はや》る心を落ち着かせながら、震える手で柩を開けた。

「いない！」

柩の中は空だった。

嘲《あざけ》るように桂花が一枝、几《つくえ》の花入れに差してある。桂花のむせるような匂いが部屋に充満する生臭い血の臭いと混ざり合って吐き気を催した。

「公孫槐は、どこに行ったのでしょうか」

晋武官が青い顔で問う。

「一つしかないだろう」

――皇帝陛下……。

昨夜のうちに公孫槐は皇宮に移ったのだ。

「皇宮が危険だ。戻らなければ！」

劉覇は騎乗の人となると、鞭《むち》を握り締めた。

皇宮に帰った木蘭は未央宮前殿の前で行ったり来たりしていた。朝議がいつもより長引き、すでに昼になっているのだ。

これだけ長引くのは、おそらく皇帝がそうしているからだろう。耳が聞こえないふりをして何度も言わせたり、詳しい説明を求めたりなどして、時間を稼いでくれているのだと思われた。

「江中常侍、お願いします。劉覇さまを無事助け出したことを陛下にお伝えください」

皇帝の身の回りの世話をする責任者である江中常侍は、木蘭の頼みをきき、そっと玉座の後ろから皇帝に近づいて、耳打ちした。おかげで、午《うま》の時を過ぎたあたりで朝議は散会となって、ばらばらと重臣たちが建物から出てきた。

木蘭は、天禄閣の東郭中書令の姿を見つけると、袖《そで》を引っ張って柱の陰に連れて行く。

「中ではなんの議論があったのですか」

「木蘭ではないか」

政治には関わらないように立ち回っている木蘭が朝議の内容をためらわずに尋ねたことに東郭研は驚いた様子だった。それでも切羽詰まった木蘭の目に教えてくれた。

「皇太子の処刑が実行されたという話題と、皇后冊立の話だ」

「陛下はなんと？」

東郭研は手にしていた笏《しゃく》を懐に入れる。

「陛下はそれぞれが皇后に推す人物についての話を聞いた上で王充依の時だけ頷《うなず》かれた。今日の宴でもう一度、後宮の側室たちの顔を見てから、明日の朝議で決定を下すとおっしゃったから、明日皇后の冊立が正式に決定されるだろう」

皇帝は時間を稼いでくれたようだ。

木蘭は安堵《あんど》する。

案の定、建物から出てきた官服姿の王廷尉は高笑いしている。取り巻きに尊大な態度を取りながら、一緒に階段を下りていく。木蘭は敷居を跨《また》いで朝議の場であった未央宮前殿の中に入った。

「皇帝陛下」

人のいない広間はいつもより大きく感じた。

木蘭は、上座のある階段の前まで行くと、黄金の玉座に座る皇帝に跪《ひざまず》いた。

「間に合ったか」

「間に合いました。今は道寺にいる公孫槐を襲撃すべく、そちらにいらっしゃいます」

誰と言わなくても劉覇のことだ。

「上々だ」

皇帝は玉座の肘《ひじ》を手のひらで叩《たた》いて喜びを表す。

「尉吐李も宴に招いた。すでに来ているはずだ」

「捕らえるのですね」

「劉覇が公孫槐を捕らえ次第、全員を投獄する」

一網打尽だ。

皇帝は立ち上がり、輿《こし》に乗った。

木蘭は駆け足で輿を追いかける。目指すは掖庭殿の庭。そこで宴が開かれている。重臣から側室たち、皇族等が招かれている。

禁門を潜り、後宮に入ると楽しげな声と西域の音楽が聞こえて来た。琵琶《びわ》を演奏しているのは西域の美女で、着飾った舞姫たちが宴を盛り上げている。上座に皇帝の玉座があり、左手にすでに王充依が座っていた。右側にいる主催者の沈娙娥はすべてが気に入らぬと顔に書いてあった。

手前に皇族が、下座に重臣たちが座っており、西域の人らしき顔ぶれも見える。皇帝の登場に皆が立ち上がるが、皇帝は上機嫌を装って、皆に座るように促す。

「朕を弑《しい》せしめんとした企ては阻止することができた。今日はめでたくも罪人が処罰された日である。楽しんで飲もうではないか」

王廷尉が得意げに「陛下」と立ち上がって、皇帝の長寿と健康を祈って酒を献じる。

杯は何度となく重臣や皇族によって皇帝に捧《ささ》げられた。皇帝は機嫌よく応《こた》える。もちろん、毒を恐れて献杯を飲みはしない。

木蘭は皇帝の威厳と演技に感服しながら、それを眺めていた。

——尉吐李だわ。

異族の男は微笑しながら、周囲の者たちと和やかに酒を酌み交わしていた。皇帝を弑しようとした人物なのに肝が据わっていることこの上ない。重臣に酌をしながら舞姫に目配せをするのを忘れないところを見ると、野心家の上、好色だ。

——劉覇さまは大丈夫かしら……。

奇術が披露され、異国の舞が拍手喝采《かっさい》の中終わると、王充依が得意の琴を奏でて注目を集めた。その頃になると、日が傾き始め、外での宴が冷えてくる。宴もたけなわ。劉覇たちはまだ姿を現さなかった。木蘭は胸騒ぎがした。

——なにかがおかしいわ。

昼の間に殭屍《キョンシー》退治は終わらせなければならないのを劉覇はよく知っているはずだ。五更の鐘が響いてきた。時はあまりない。

馬車が披露され、たっぷりと沈婭娥が王充依に馬鹿にされると、宴はお開きに近づいてきた。木蘭は所用に立つふりをして李武官を探す。

「どうなりましたか」

「殿下から連絡がありました。公孫槐は道寺にいませんでした」

「どういうことですか」

「皇太子殿下はその後、皇宮に向かうも長安の街の真ん中で刺客に襲われ、兵士の中に多数の怪我人が出たとのことです」

「劉覇さまは？　劉覇さまはご無事なのですか」

「ご無事です。下級武官に扮《ふん》してすでに皇宮に入り、禁軍を指揮しておられます」

木蘭は胸をなで下ろす。

「もう日が暮れてしまいます」

「間に合います。ご心配なく」

李武官はそれだけ言うと走って行ってしまった。

木蘭は皇帝を守らなければならない。玉座の後ろにそっと控えると、四方に警戒を怠らずに目を光らせる。皇帝も不安を覚えていたのだろう。

「どうだ？」

皇帝が玉座に身を深くし、後ろにいる木蘭に声をかける。西の空が赤くなり始めた。鶏の声が遠くからして、秋虫がちらほら涼やかに鳴く。赤いトンボが木蘭の前を通り過ぎて行くのは長閑《のどか》な皇宮の夕暮れだが、今日ばかりは不気味な予兆でしかない。

「もう待っていられません。陛下、玉堂に戻りましょう。夜になれば危険です」

「うむ」

日があるうちに居所に戻った方がよい。

輿を呼び、皇帝の前に停めさせた。皇帝は一滴も飲んでいないのに、酔ったふりをして輿に乗り込む。

「急いで」

担ぎ手の宦官《かんがん》たちに木蘭は強く言った。輿は動きだし、すこし彼女はほっとした。銀がそこかしこにあり、殭屍に対する訓練を重ねた兵士の守る玉堂にさえ戻れば、ずっと安全だ。

木蘭の緊張が緩んだのだろうか。疲れたのだろうか。輿を追う足にも遅れが出た。

しかし、なにかが天空を横切る影を見た時、考えるより先に彼女の体は動いた。

――矢⁉

月が燦《きら》めき、落暉《らっき》が最後の瞬きを終えた。矢は回転しながら皇帝の輿に向かう――。

木蘭はとっさに地を蹴《け》って先を行く輿に飛びつき、自分の体を盾にして皇帝を守った。

「木蘭！」

皇帝が叫んだ。

矢は木蘭の肩をかすめ、近くにあった建物の柱に鋭く刺さる。女たちの悲鳴が聞こえた。

皇宮の甍《いらか》を染める陽は西の空に吸い込まれるように消えた。木蘭は矢が射られた方を振り向く。

「久しいな、木蘭」

塀の上にいるのは、まさしく公孫槐だ。

彼は弓を射らずに投げたらしい。もう一本、矢を手に持ち、鏃《やじり》をいじりながら笑っていた。無駄な肉のない長軀《ちょうく》に銀髪、紅を塗った赤い唇は艶《つや》やかで色気があり、紫に輝く瞳《ひとみ》は魅惑の光を放っている。いつ見ても見入ってしまう男ぶりだ。

「君の血の匂いは春の園のようだね、木蘭」

公孫槐が塀から飛び降りた。

14

木蘭は自分が肩から血を流していることに気づいた。

闇の中から、殭屍が一体、一体と、青白い顔を現し始めると、彼女は後ずさる。殭屍に変化した役人や宦官が、赤い眼を光らせて木蘭の血に反応しているのだ。

「早く陛下を建物の中へ！」

玉堂に戻るのは諦《あきら》め、皇帝を乗せた輿は掖庭殿の隣にある椒房殿に向かうように指示する。ただ木蘭自身はつき添うことは止めた。血を流している自分が行けば、殭屍の注目はさらに皇帝に集まる。

——囮《おとり》にならなければ！

木蘭は怪我の痛みを無視して方向を変える。ぽつりぽつりと血が地面を汚すと、群れた殭屍が皆、木蘭に向かって走り出した。両手を肩まで上げ、飛ぶように地面を進む殭屍は、涎《よだれ》を垂らし牙《きば》を剝《む》いて木蘭を執拗《しつよう》に付け狙う。木蘭は無我夢中で走った。

「死ぬ気はしないわ」

木蘭は襲ってきた殭屍を足蹴《あしげ》にして首をへし折る。

次に白い目を剝いて木蘭の髪を摑《つか》もうとした殭屍の喉《のど》を銀の短剣で突いた。

公孫槐は皇宮に忍び込んだ際に大量の殭屍を作り、その殭屍がさらに殭屍を作るように仕向けていたに違いなかった。なぜなら、殭屍が皆、官服や女官服を着ているからだ。宮殿の外で増やしていたのは、攪乱《かくらん》させるためだったのかもしれない。

「これじゃ、埒《らち》があかないわ」

斬っても斬っても銀の短剣では首を切断できないので、殭屍は首の骨を折ったまま立ち上がり、さらに血を求めて木蘭の傷のある肩に集まる。

だんだんと逃げ場を失って行った木蘭は、壁を背にしてしまう。殭屍は増え続け二十体も自分の周りにいる。拳《こぶし》で嚙《か》みつこうとする化け物を殴りつけ、足で別のを蹴り倒すも、もう限界だ。

牙を剝く殭屍の口を一文字に短剣を構えて阻止したが、群がる他の牙をどうすることもできない――。

――どうしたらいいの……。

「木蘭！」

聞いたことのある声がしたかと思うと、殭屍の群が崩れ始めた。木蘭に襲いかかっていた殭屍の背にもぐさりと深く剣が刺さり、首がはねられる。秋の夜風が灰と化した殭屍を攫《さら》って消えた。

「劉覇さま……」

「遅くなってすまない」

木蘭は愛する人の助けに脱力してその場にへなへなと座り込む。彼はそんな木蘭に腕を伸ばして抱きしめると、そっと立たせて自分の背に隠した。

「長安の街には急速に殭屍が増えている。公孫槐はこちらが動いたことに気づいて急いで昨夜の内に手を打ったのだ。だが、突然の作戦の変更に王廷尉などとの連絡がとれていなかったから、作戦には漏れがある。心配するな、勝てる」

劉覇は勇ましくそう言った。だが、殭屍たちは、こちらの兵士に喰《く》らいついて血を吸い、仲間を増やしていく。あまりの増殖力に絶望的にさえなる。

「劉覇さま、公孫槐が！」

木蘭は、皇帝の首をとろうと椒房殿へと屋根を跳び越える公孫槐の背を見て劉覇を揺すぶった。皇帝が殺されたら打つ手がなくなる。木蘭は額に汗が噴き出すのを感じる。

「行こう。陛下になにかあったら大変だ！」

劉覇が木蘭の手を取る。

二人は走り出すも、王廷尉と王充依、そして尉吐李の三人が逃げだそうとしているところに遭遇する。木蘭は落ちていた矛を拾い、三人にめがけて投げた。

「劉覇さまは公孫槐を！」

「木蘭！」

悪党を逃がすわけにはいかない。木蘭は劉覇の手を放してその背を押した。

「早く！」

劉覇は木蘭を置いて行くことを迷ったが、彼女に背を押され塀を乗り越えて椒房殿へと急ぐほかなかった。

木蘭は二本の指を突き立てて左手を構えると、頭上で右の拳を握り型をつくる。冷静ではあるが、静かな怒りが己から沸き立つのを感じる。

「あなたはわたしが相手です」

木蘭は行く手を阻んだ。

地面に突き刺さっていたさきほどの矛を抜き一回しする。

まず、飛び出して来たのは尉吐李だ。

後宮で帯剣を許されていない彼は、素手で木蘭に迫る。武術は楼蘭のもの。激しい足技と、素早い拳で圧倒するが、気づくのは一つ――。

「左利きね」

木蘭を襲った刺客は彼だったのだ。彼は素手で木蘭の矛の柄《つか》を叩《たた》き折った。

「死ね！」

そればかりか、木蘭が拳を避《よ》ければ、塀にヒビを入れ、穴を開ける。

空いた穴の向こうで劉覇も公孫槐相手に善戦しているのが見えた。木蘭は柄が短く折れた矛で尉吐李に挑む。

「よくも伊良亜を利用してくれたわね！」

「あの女は自分から力になりたいと言ったのであって、こちらが強制したのではない」

「嘘」

「本当さ」

楼蘭なまりの尉吐李の漢語はどこか鼻にかかって聞こえた。

「少し優しくしただけでころりと信じた。女官などお高くとまっているが、そんなものだ」

木蘭は跳び、頭上から男の目を狙ったが避けられた。

「伊良亜の母親をどうしたの？　楼蘭に帰したの？」

男は鼻で笑う。答える価値もないという風に。木蘭はむっとする。

「そもそも、公孫槐に与《くみ》してあなたになんの利益があるというの？　殭屍《キョンシー》の世界になったらこの世は終わりだわ」

「この世はすでに終わっている。私が楼蘭の王にならないかぎりな」

木蘭は鼻を鳴らした。

この男は自分の王位のために多くの人間を犠牲にしようとしているのだ。伊良亜しかり、長安の人々しかり、楼蘭の民しかり。

「あなただけは許せない。わたしがこの手で倒すわ」

木蘭は銀の短剣を抜いた。近距離戦となり、拳が次々に木蘭の顔面を襲おうとするも、それを彼女は軽やかに手首でかわし、剣の狙いを男の首筋につける。

木蘭は男の胸を足蹴《げ》りし、短い髪を揺らして首筋を斬ると見せかけて下腹に短剣を深く刺し入れた。手応《てごた》えは十分あった。

「うっ」

木蘭はすぐさま尉吐李から距離を取る。

前方で劉覇を獲物にしようとしていた殭屍たちが、直角に首をこちらに回したかと思うと、猛烈な速さで群となって近づいてくる。尉吐李が動けずに膝《ひざ》を地面について前屈《かが》みになった。

「お、お前！」

「わからない？　人間は味方も敵もみんな区別なく殭屍の餌なのよ。あなたの所にもわんさか来るわ」

「止めてくれ！」

「どうやって？」

木蘭は自分のところに集まるのを恐れ、塀の上へと飛んだ。

尉吐李のところには数十の血に飢えた殭屍が群がり、悲痛な悲鳴とともに彼もまた文字通り殭屍の仲間になったのだ。

殭屍たちは、尉吐李の生き血を喰らいつくすと、次の獲物である王廷尉と王充依を見つけ、目の色を変えた。二人は転びながら逃げて行く。

残されたのは、尉吐李の死体。否、変化しようとしている殭屍——。関節がおかしな方向に曲がって海老《えび》反りになったかと思うと、四つん這《ば》いで起き上がり、牙《きば》を剥《む》きだした。

「完全な殭屍にするわけにはいかないわ」

木蘭は塀から飛び降りると、その勢いのまま尉吐李の首に思い切り銀の短剣を突き刺す。

短剣では上手《うま》く行かず、半分皮でぶら下がってしまう。木蘭は、首に足をかけ、斬り落とす。目玉が零《こぼ》れ落ちそうで、木蘭は地面に頭を投げ捨てた。

鈍い音とともに、頭は砕けて灰となる。残ったのはむなしさだけだ。

怒りも、伊良亜のことを考えるとやるせなさに勝てずに、空虚な気持ちばかりが胸に広がっていた。

「木蘭！　大丈夫か」

劉覇が塀の向こう側から木蘭を呼ぶ声がした。我に返った彼女は灰を踏んで塀を跳び越えて劉覇のもとに駆けた。月亮門と呼ばれる丸い門を潜り、草木が茂る美しい庭に入ると、劉覇の周りには五体の殭屍と、公孫槐がいた。

すでに劉覇はかなりの数を灰に変えているようで、石畳は一面、灰で白くなっていた。それが彼が動く度に舞い上がり、剣を振るう劉覇の勇姿を幻想的に見せた。

木蘭は劉覇を喰おうとする殭屍たちの気を引きつけようと、大きく手を振る。

「あなたたちの敵はわたしよ！」

しかし、殭屍たちは公孫槐に操られているのか、こちらに見向きもしない。公孫槐はにやりと笑って皇帝の逃げ込んだ椒房殿の中へと向かおうとした。劉覇が殭屍たちに押しつぶされそうになって、膝をつく。このままでは劉覇が殺《や》られてしまう。木蘭は焦った。

「どうしたら……そうだ！」

木蘭は自分の手のひらを開くと、一文字に切った。

拳《こぶし》を握り締めてから広げる。

鮮血が地面に数滴零れ落ち、殭屍たちが一斉にこちらを向く。劉覇の視線も同じで彼の唇が「馬鹿な」と言ったのを木蘭は見たけれど、微笑んだだけだった。

すでに背に怪我をしている。

数百の殭屍たちが木蘭を囲み始めた。

木蘭は落ちていた戈《ほこ》を拾う。

大きくそれで円を描き、殭屍たちと距離を取った。

公孫槐が愉快そうにし、逃がすまいとする劉覇と肉体戦を繰り広げる。劉覇は剣を拾う間がない。木蘭は、下等な殭屍と戦いながら、本当の敵は公孫槐であると強く思った。

父と兄、そして姉の仇《かたき》であり、多くを死に追いやった人物こそ公孫槐だ。

木蘭は、戈を構え、「ええい！」と気合いの声を出してから、彼女を囲む殭屍の壁を崩しにかかった。蹴りを入れ、あるいは戈で串刺《くしざ》しにして、木蘭は殭屍を倒す。

晋武官が応援に来て、彼の部下たちもまた外側から攻撃してくれたので、木蘭は殭屍の頭を踏み台に輪を跳び越えた。

「逃がしはしないわ」

木蘭は銀の短剣を逃げようとする公孫槐の背に投げた。

ぐさりと刺さり、肉が焼ける臭いがする。木蘭は口の端を上げて得意になるも、鬼の形相の公孫槐が振り返り、自らの手で短剣を抜こうとする。手が銀で焼けても、かまわず彼は背中から取り除くと地面に投げ捨てた。侮ってはならない。木蘭は自戒する。

「黎木蘭。そなたを秋菊の妹として生かしていたのは間違いだったかもしれない」

「仇は必ず取らせてもらうわ」

木蘭は銀の短剣を拾うと、劉覇と背中合わせになった。

「行くぞ、木蘭」

「はい」

二人は同時に走り出し、不倶《ふぐ》戴天《たいてん》の敵に剣を向ける。

劉覇はその頭上から、木蘭は脇から狙う。

人より速い動きの公孫槐について行けるのは劉覇だけだ。

ただし、木蘭の血に執着している公孫槐が自分の欲望には勝てず、木蘭から目が離せないのはこちらにあるわずかな勝算だった。

「木蘭、お前の血を吸い尽くしてやる」

「おあいにくさま。そうはいかないわ」

劉覇の銀剣が鋭く光った。

「木蘭は渡さない」

剣と剣は強く押し合い、そしてぶつかり合う。

木蘭は初めはその速さが見えなかった。それでも彼女を狙って大きな口を開けて首筋を狙う公孫槐の姿は捉《とら》えることができた。銀の短剣を腰から肩にかけて斜めに動かし、公孫槐の頬と銀髪を一房斬った。

「嘘だ……」

驚きに公孫槐の紫の瞳《ひとみ》が見開かれたかと思った時、劉覇が横腹に銀剣を差し込んだ。

木蘭の短剣が背を刺す。

劉覇が剣を体から引き抜き、公孫槐の首を上から斬り落とした。

ごろりと目を開けたまま頭《こうべ》が転がり、しばらく二本の脚で立っていた体はそのまま後ろに倒れた。

「劉覇さま！」

「木蘭」

雲の陰から皓《しろ》い月が現れる。

辺りが静寂に包まれた。

「一体……」

殭屍《キョンシー》たちが一斉に動きを止めた。

微風が頬をかすめ、生暖かい風となって地を這《は》った。

公孫槐の頭が半分、灰になり、体が崩れ、形を失って行く。と、同時に動かなくなっていた殭屍たちまでもゆっくりと灰になり風に攫《さら》われてゆく。

「雪のよう……」

淡雪にするように、木蘭は手を掲げてみた。

公孫槐を倒したら嬉《うれ》しくて歓喜の声を上げると思っていたのに、あるのは疲労感と失った人々に会いたいという切ない気持ちだけだった。

――お父さま、お兄さま、お姉さま……。

殭屍に殺された三人は木蘭を褒めてくれるだろうか。

たとえそうであっても、懐かしい過去にはもう戻れない。

「よくやった。木蘭」

「劉覇さま」

「泣きたければ泣け。俺の胸は君のものだ」

木蘭は劉覇を見た。

彼は木蘭の乱れ髪を手のひらで撫《な》でると、微笑む。

「終わったんだよ、木蘭。終わったんだ」

木蘭は微笑み返そうとして涙の方が先に零れ出てしまうのを止められなかった。彼女は声を出して泣いた。長い月日に我慢していたものがすべてあふれ出し、赤子のように悲しみをさらけ出して、心の中で夜空に叫んだ。

――我、死しても天に背かず。

木蘭は全身で劉覇を欲した。

エピローグ

三月――。

銅鑼《どら》が華々しく黎家の前で鳴った。

赤く着飾った花婿が花嫁を迎えに到着したのだ。

今日、木蘭は太子妃として皇宮へと向かう。

叔父《おじ》と母は門の前で客を迎え、花婿は泥酔するまで酒を飲まされることになるだろう。木蘭は顔を覆う赤い羅《うすもの》を少し持ち上げて外の様子を窺《うかが》う。劉覇の明るい横顔に木蘭は微笑を漏らした。

殭屍を退治して五ヶ月。

王充依と王廷尉は腰斬《ようざん》となり、九族皆殺しの上、長安城の門に晦日《みそか》の夜に晒《さら》された。

雲大鴻臚一族も同じで、尉吐李に楼蘭王の地位を約束した上で協力させた咎《とが》で腰斬となった。

「伊良亜の処罰はどうなったのですか」

婚礼の手伝いに来てくれている班女官が、飾り付けを直しながら訊《たず》ねる。

「普通なら死罪になるわ」

当然だ。

伊良亜が実行犯だったのだから。

「でも――。わたし皇帝陛下にお願いしたんです」

『陛下、お願いです。伊良亜を助けてください』

伊良亜の母が尉吐李の邸《やしき》の蔵から衰弱した状態で発見されたのは、皇帝とて知っているはずだ。木蘭は歯を食いしばって叩頭《こうとう》する。皇帝は長いため息をついて頭を抱えた。

『言ってくるだろうとは思っておった』

木蘭は額《ぬか》ずいたまま顔を上げなかった。

『そなたは朕に代わり毒を飲んだだけでなく、矢からも身をていして守った。本来なら恩賞としてなんでも願いを叶《かな》えてやらなければならないが……朕を弑《しい》しようとした者を赦《ゆる》すことはできぬ』

本当のことを言えば、木蘭の伊良亜への思いは今も複雑なものを捨てきれずにいて、劉覇を陥れたことを完全に許してはいなかった。自分の中のわだかまりを無視してまで、助命を懇願するのは、伊良亜が母親を人質にされていたという事情に死を免じる理由があると思ったからだった。

『朕の命は一人の女官を誅《ちゅう》するにも値しないのか』

『伊良亜はすでに収容されている獄で想像を絶する取り調べを受けています。どうか、大海より深い陛下の寛恕《かんじょ》の御心でお許しください』

皇帝はずっと黙っていた。

悩んでいたのだろうか。

否、彼は木蘭を見ていたのだ。初めに言っていたではないか、『言ってくるだろうとは思っておった』と。皇帝は注意深く木蘭を観察していたのだ。

木蘭は背中に嫌な汗が垂れるのを感じた。

『陛下』

『伊良亜のことは朕も大切に思っていた。殺すには忍びない。理由も親を助けたかったというのは気の毒なことだ』

木蘭は顔を上げた。

『笞《ち》刑《けい》七十回で息があれば、復作一年としよう』

笞刑とは、竹製の杖をもって臀部《でんぶ》を打つ刑、復作とは女性の辺境での労働刑だ。七十回も打たれれば死んでもおかしくないし、辺境での労働はきつく多くの人が命を落とす。

『死ぬのとどちらが楽か朕は知らぬ』

『わたしにもわかりませんが、きっと辛《つら》くても伊良亜は、やり直す機会が欲しいはずです。伊良亜に代わってお願いします。笞刑と復作でお許しください、陛下』

皇帝は髭《ひげ》を弄《もてあそ》び、そして根負けした顔を作る。

『刑吏はそなたが推薦してよいものとしよう』

『陛下！』

つまり、手心を加えてよしということだ。

『復作は遠い場所がよいだろう。楼蘭の近くで労働に当たらせよ。刑期が経過したらそのまま帰国させ、この国から永久に追放とする』

『感謝します、陛下』

木蘭は皇帝の温情を心からありがたく思った。これは伊良亜に希望を与えるものであるし、皇帝の最大の優しさであり譲歩だった。

『衛詩は笞打《むちう》ち、三十。長安を追放とする』

しっかりと衛詩のことを忘れていないことは憎らしい。が、木蘭は文句を言える立場ではない。衛詩も郷里に帰れるならその方がいいかもしれないと思い直す。木蘭は朗色を見せると、声を張り上げた。

『皇帝陛下、万歳、万歳、万々歳！』

大きな袖《そで》を翻して拝礼し、木蘭は心から感謝の気持ちを示した。

「まぁ、そのようなことがあったのですね」

木蘭が班女官に説明すると、彼女はほっとした面持ちを見せる。

「伊良亜は二日前に笞刑を終えたそうです。歩くこともできるようなので心配はないと思います」

「楼蘭へは徒歩でしょう？　過酷の旅となりましょう」

「はい……。労働刑の一年は辛いはずです。でも、帰りたかった故郷に戻れるのなら、きっとがんばれるのではありませんか」

木蘭は確信を持って答えた。

「木蘭？」

そこに戸を遠慮がちに叩《たた》く人がいた。木蘭は慌てて羅を被《かぶ》り直し変なところがないか、班女官に確認してもらう。班女官が、片目を瞑《つぶ》った。

「どうぞ」

戸を開けば、逆光を背に赤い晴れ着を着た劉覇がいた。

木蘭を前に、少しよろめいたのは、すでにかなり飲まされているからだろう。彼女がそれを支えると、班女官がまた片目を瞑って部屋を出て行く。

「班女官」

閉められた戸に手を伸ばしたせいで顔を隠していた羅が少しずれた。劉覇の手が中に入り、首筋を撫《な》で、血管を愛《いと》おしそうに確認すると、ひょいと羅を持ち上げて木蘭は接吻《せっぷん》された。

「劉覇さま……あの……」

彼の唇は、かすかに酒の匂いがして、舌は滑らかだった。腰を掴《つか》む腕が力強く、心臓の音は激しい。木蘭はひとしきり甘い時間に酔い、彼の想いに応《こた》える。見つめ合う視線と視線に自然に笑みがこぼれてしまう。

「なあ、木蘭。門楼に上りに行かないか」

「酔っていらっしゃるんですね。どれほど飲んだのですか」

劉覇は拱手《きょうしゅ》して見せる。

「祝杯に返杯を断るわけにはいかないよ」

「夜には皇宮で宴《うたげ》があるのに、今からそれでは大変です」

「だから酔い覚ましに行こうと言っているのだよ、木蘭」

木蘭は苦笑する。劉覇が彼女の耳元に顔を近づける。意味ありげな色気のある瞳《ひとみ》が彼女に向く。

かと思うと木蘭を横抱きにして、戸を足で蹴《け》って部屋を出た。中庭を通り過ぎると、婚礼に呼ばれた客や黎家の親族が一斉にこちらをなにごとかと見た。

「皇太子殿下、ど、どちらに……」

「酔った。酔いを覚まして来る」

黎家の家長である叔父《おじ》が大慌てで止めたが、普段、常識人である皇太子が木蘭を馬に乗せてしまうので、皆が慌て「高貴な人のご乱行」だと大騒ぎになった。

「行こう、木蘭」

馬を相乗りして劉覇は長安の街を駆けた。赤い羅はいつのまにかどこかに吹き飛び、花嫁衣装の裾《すそ》が翻って、靴の片方をどこかに落としてしまう。

「酒に酔って馬に乗るなど正気ではありません」

「酔っていないよ」

彼が言った通り、未央宮の北西にある雍門《ようもん》の前で馬は止まった。

劉覇は悪びれる顔もせず、跪《ひざまず》いて自分の靴を彼女の足にはかせる。

門の上に建つ楼の急な階段を、木蘭を連れて劉覇は上る。風が強く、三階の欄干の前に立てば、袖が舞ってせっかく整えた髪が乱れた。それなのに――。

「木蘭、美しいよ」

低く甘い声は木蘭を誘惑し、頬を指で撫で、後ろから抱きしめる形でただ遠くを見ていた。春はもうすぐ盛りとなるだろう。柔らかな青い色の空が広がり、緑に色づく大地を見下ろしている。

門から延びる道を行けば、やがて匈奴から楼蘭へと絹の道となる。

木蘭は腰を抱く人を振り返り見た。

「ずっと気になっていたんです」

「うん？」

「公孫槐はなぜ前日の夜に皇帝陛下を襲わなかったのでしょうか」

劉覇は少し間を作った。

「おそらく俺の処刑の後に行動したかったのではないかな。玉堂は殭屍《キョンシー》対策がされていて攻めるに不利だから翌日の宴の後が適当と思ったのだろう」

劉覇はそこまで話して顎《あご》で階下を指した。木蘭は欄干から下を覗《のぞ》き見る。

「もしかして……」

彼はおだやかな瞳で頷《うなず》いて見せた。

「伊良亜が今日、出発することになったのだ」

「伊良亜が――」

ちょうど門を出て行く罪人たち三十人ばかりの列が見えた。皆、手足に枷《かせ》がつけられ、馬に乗った兵士四人に見張られている。

鞭を鳴らして、列を乱す者を威嚇する兵士もいて、このまま楼蘭まで六千里余り歩くのは容易《たやす》いことではない。

ボロをまとった女たちの中に伊良亜を見つけると木蘭は、欄干に身を乗り出す。短く髪は切られ、笞刑のせいで臀部を庇《かば》うようにくの字で歩いている。

「伊良亜……」

よく見れば、彼女の母とおぼしき人が布に包んだ荷物を抱えて隣にいた。伊良亜に付き添って自分も郷里に帰るのだ。

木蘭は胸が痛んだ。

もっと彼女のためにできたことはなかったか、彼女をなぜ止めることができなかったか――。

「伊良亜が尉吐李の袖の破れを皇宮で直したことがきっかけで、二人は三年前に知り合ったそうだ」

伊良亜は同じ郷里の人から同じ言語で話しかけられ、時に差し入れもしてもらい、尉吐李の心遣いに惹《ひ》かれていったという。彼は優しく彼女を労《いたわ》り、何度も無理をして皇宮に逢《あ》いに行ったと劉覇は語る。

『伊良亜、楼蘭にともに帰ろう』

『無理ですわ』

『なぜそんなことを言う？　私が楼蘭王になれば、不可能ではないよ』

『でも……』

伊良亜は官婢《かんぴ》、尉吐李は人質。結ばれるはずはなかった。

『伊良亜、皇帝になにをされたか忘れたのか。あなたは官婢にされ、遠いこの国に連れて来られた。恨みを忘れてしまったのか』

『それでも陛下を暗殺などできませんわ……』

『私のことを愛しているのなら、手を貸してくれるはずだ。そうではないのか、伊良亜。愛しい人……』


劉覇が木蘭を後ろから抱きしめたまま言う。

「伊良亜は、初めは心から尉吐李を愛していたのだ。だが、尉吐李の方はそうではなかった。伊良亜が尉吐李の本性に気づいた時には、もう抜け出せない沼の中にいた。たった一人の肉親である母親を人質にされ、彼女自身も監視されていた」

木蘭はあれから一度も、伊良亜に会っていない。許してあげたいという気持ちが九割を占めているのに、伊良亜から冷たい言葉をかけられたら、自分も閉じ込めた怒りを言葉にして返してしまいそうだったし、許して欲しいと言われて、はたして本当に許せるのかもわからなかった。

「衛詩がなぜ尉吐李の文を持っていたと思うか？」

木蘭は顔を上げる。

「伊良亜が自分の背後に尉吐李がいることを明らかにするためだ。衛詩なら必ず木蘭に伝えてくれると思っていたのだよ」

「伊良亜……」

「彼女は信念を捨ててはいなかったのだ」

木蘭は欄干を摑む手に力を込めた。

今、しなければ、生涯後悔するかもしれない。

木蘭はできるかぎりの大きな声で叫んだ。

「伊良亜！」

彼女がゆっくりと振り向く。

呆《ほう》けたように顔を上げ、門楼にいるのが木蘭だと気づくと、涙に濡《ぬ》れる頰を両手で覆い、座り込みそうになったのを母親に支えられていた。

木蘭は一目散に階段を下り、城門の門兵の制止も振り切って彼女を追いかけた。

「伊良亜！」

「木蘭さま」

二人は抱きしめ合った。伊良亜は詫《わ》びようとしていたけれど、嗚咽《おえつ》で言葉にならない。木蘭は首を横に振った。

「言わないで。なにも言わないで。ただわたしを抱きしめて」

「木蘭さま……」

抱擁は和解の証《あか》しだった。

複雑な感情は静かに浄化され、初めて出会った時と同じ純粋な友情だけが残る。世界は理不尽で運命は過酷だけれど、どんな妨げも、自分たちをもう阻めないと木蘭は思った。

「また会いましょう。伊良亜」

さよならは言わない。

伊良亜は頭を深く垂れて、荒れた唇で答えた。

「必ず」

「これを持って行って」

木蘭は別れの印に彼女に自分の柳の釵《かんざし》を手渡した。伊良亜は大事そうに握り締め胸に当てる。

「時間だ」

見張りの兵士が、時を告げ、追いついた劉覇がしっかりと木蘭を抱き留めた。悲しみは一人では抱えきれないけれど、彼といれば辛《つら》い別れも怖くない。

「伊良亜に配慮するように責任者には言ってある。怪我や病になったら必ず医者を呼ぶようにともな。心配するな」

再び伊良亜は、列の一員となって重そうな枷を引きずり始めた。めざすは西の果て。木蘭は、その背を厭《あ》くまで見つめていた。ところが、そこへ——。

「花嫁と花婿がいたぞ！　捕まえろ！」

婚礼の楽隊を引き連れた木蘭の叔父《おじ》が、こちらを指しているではないか。

我先にと招待客も招待されていない者も、酒を片手に踊りながらやって来る。親戚《しんせき》は餅《もち》を投げ、通行人が歓声を上げて集まっていた。

家人が、家から持ってきた料理を門楼にどんどんと運び、赤い花の飾り付けを勝手に国の門につけてしまう。文句を言われそうなものなのに、門兵もすでに酒壺《つぼ》を握って国の慶事にほろ酔いだ。

「木蘭姉さん！」

長安追放になったはずの衛詩が手を振るのは、きっと皇帝が婚礼に出席するのを許してくれたからだろう。

「黎阿監！」

珍しくめかした葉宦官《かんがん》と東郭研。

木蘭の赤い羅と靴を拾って来た班女官。

どうやらこの門楼でどんちゃん騒ぎが始まるらしい。それも悪くない。ここなら西からの風に吹かれながら、伊良亜の後ろ姿を見ていることができる。地平線に彼女の影が消え、碧空《あおぞら》だけが残った時、木蘭はすべて忘れようと思った。

　劉覇が微笑み、門楼の横に植えられた木瓜《ぼけ》の枝を手折った。赤い小さな花が一つほころんでいる。

　彼はそれをさっと木蘭に投げる。

「末永く仲良くしてくれ、太子妃よ」

　白い歯が春の空に輝き、木蘭は軽やかに彼の胸に跳び込んだ。

　離れても巡り会う。
　それを人は縁と呼ぶ——。

本書は書き下ろしです。

後宮《こうきゅう》の木蘭《もくらん》

皇太子《こうたいし》投獄《とうごく》

朝田《あさだ》小夏《こなつ》

令和3年 5月25日 初版発行
令和6年 10月30日 3版発行

発行者●山下直久

発行●株式会社KADOKAWA
〒102-8177 東京都千代田区富士見2-13-3
電話 0570-002-301(ナビダイヤル)

角川文庫 22679

印刷所●株式会社KADOKAWA
製本所●株式会社KADOKAWA

表紙画●和田三造

ISBN 978-4-04-111304-2 C0193

◆◆◆

角川文庫発刊に際して

角川源義

第二次世界大戦の敗北は、軍事力の敗北であった以上に、私たちの若い文化力の敗退であった。私たちの文化が戦争に対して如何に無力であり、単なるあだ花に過ぎなかったかを、私たちは身を以て体験し痛感した。西洋近代文化の摂取にとって、明治以後八十年の歳月は決して短かすぎたとは言えない。にもかかわらず、近代文化の伝統を確立し、自由な批判と柔軟な良識に富む文化層として自らを形成することに私たちは失敗して来た。そしてこれは、各層への文化の普及滲透を任務とする出版人の責任でもあった。

一九四五年以来、私たちは再び振出しに戻り、第一歩から踏み出すことを余儀なくされた。これは大きな不幸ではあるが、反面、これまでの混沌・未熟・歪曲の中にあった我が国の文化に秩序と確たる基礎を齎らすためには絶好の機会でもある。角川書店は、このような祖国の文化的危機にあたり、微力をも顧みず再建の礎石たるべき抱負と決意とをもって出発したが、ここに創立以来の念願を果すべく角川文庫を発刊する。これまで刊行されたあらゆる全集叢書文庫類の長所と短所とを検討し、古今東西の不朽の典籍を、良心的編集のもとに、廉価に、そして書架にふさわしい美本として、多くのひとびとに提供しようとする。しかし私たちは徒らに百科全書的な知識のジレッタントを作ることを目的とせず、あくまで祖国の文化に秩序と再建への道を示し、この文庫を角川書店の栄ある事業として、今後永久に継続発展せしめ、学芸と教養との殿堂として大成せんことを期したい。多くの読書子の愛情ある忠言と支持とによって、この希望と抱負とを完遂せしめられんことを願う。

一九四九年五月三日

天命の巫女は紫雲に輝く

彩蓮景国記

朝田小夏

巫女×王宮×ラブの中華ファンタジー！

新米巫女の貞彩蓮《ていさいれん》は、景国の祭祀を司る貞家の一人娘なのに霊力は未熟で、宮廷の華やかな儀式には参加させてもらえず、言いつけられるのは街で起きた霊的な事件の調査ばかり。その日も護衛の皇甫珪《こうほけい》と宦官殺人事件を調べていると、美貌の第三公子・騎遼《きりょう》と出会う。なぜか騎遼に気に入られた彩蓮は、宮廷の後継者争いに巻き込まれていき……!? 第4回角川文庫キャラクター小説大賞〈優秀賞〉受賞の大本命中華ファンタジー！

角川文庫のキャラクター文芸

ISBN 978-4-04-107951-5

天命の巫女は白雨に煙る

彩蓮景国記

朝田小夏

彩蓮が王に見初められる!? 怒濤の第2弾!!

景国の祭祀を司る貞家の一人娘・貞彩蓮《ていさいれん》は、15年に1度行われる結界の張り替えに駆り出されていた。日差しが照り付ける中、禁軍に勤める婚約者の皇甫珪《こうほけい》と共に、仕事に精を出していると、公子・騎遼《きりょう》に声をかけられる。前王の墓が荒らされ、祀られていた遺体が行方不明になったので、捜してほしいというのだ。犯人を見つけるべく、貞家の名誉にかけて調査に乗り出す彩蓮だったが、そこには現王に繋がる秘密が隠されていて——。大本命の中華ファンタジー。

角川文庫のキャラクター文芸

ISBN 978-4-04-108740-4

転生佳人伝

寵姫は二度皇帝と出会う

三川みり

大本命！　中華転生ファンタジー。

大帝国・尤《ゆう》。非業の死を遂げた建国の祖・陶淵紫《とうえんし》の寵姫・劉昭《りゅうしょう》儀《ぎ》は来世で彼に再び会うため神に命を捧げた——200年後。武人・白花珠《はくかじゅ》は実は昭儀の生まれ変わり。冬至節の日、彼女は若き皇帝・陶紫英《しえい》を目にし忘れ得ぬ淵紫と同じ紫紺の瞳に運命を感じる。しかし式典の最中、紫英が暗殺されそうになる！　花珠は必死に彼を護り、功績を買われ侍衛として仕えることに。だが紫英の周囲は不穏で……。ロマン溢れる中華転生ファンタジー！

角川文庫のキャラクター文芸

ISBN 978-4-04-110967-0

後宮に星は宿る

金椛国春秋

篠原悠希

この無情なる世の中で、生き抜け、少年!!

大陸の強国、金椛国《きんかこく》。名門・星家《せいけ》の御曹司・遊圭《ゆうけい》は、一人呆然と立ち尽くしていた。皇帝崩御に伴い、一族全ての殉死が決定。からくも逃げ延びた遊圭だが、追われる身に。窮地を救ってくれたのは、かつて助けた平民の少女・明々《めいめい》。一息ついた矢先、彼女の後宮への出仕が決まる。再びの絶望に、明々は言った。「あんたも、一緒に来るといいのよ」かくして少年・遊圭は女装し後宮へ。頼みは知恵と仲間だけ。傑作中華風ファンタジー！

角川文庫のキャラクター文芸

ISBN 978-4-04-105198-6